現代日本人の生活と心 （Ⅰ）

小室敦彦　　著
謝良宋　　註解

CD付

鴻儒堂出版社發行

目　　次

は し が き

　日本語を習うときだけではない。外国語を習うときはいつもそうだ。なぜ、もっと読んでおもしろく、勉強しながらその国の様子がわかる本がないのか、と。

　実際、外国語の教科書というと、どれもたいてい行儀のよい子供みたいな、道徳的な内容をもつものばかりで無味乾燥この上ない。外国語を習うと同時に、その国の実態の一端がわかるような、それでいて内容があまりかた苦しいものでないような、そういう教科書が学習者に望まれているのに、今までそうしたものはあまり見当らなかった。こうした点について考慮した結果、初級〜中級むきに、なるべく表現をやさしくしながら、現在の日本の社会の出来事、現象に題材をとり、外国人用の日本語教科書として作り上げたのが本書である。

　本書は台北の丸紅株式会社及び東呉大学などで教えた講義をもとにし、それに加筆訂正したものであり、中国語の注釈および日本文全体について謝良宋先生の手を煩わした。ここに厚く謝意を表する次第である。

本書により、少しでも日本の現状を知ることができ、併せて日本語学習をおもしろく進めることができるならば、筆者の望外の喜びである。

　尚、本書より更に上級な日本語を習いたい、という方には、類書ともいうべき拙著「日本世俗短評」（正、続）をお勧めする。

1980年春　　　台北、士林にて　筆者記す

記號説明

・中文譯

◉補充解釋

△例句

⊕類似辭

1. 日本の大学

　日本には四年制の大学が 400 ぐらいあります。そのうちで国立大学は約 80 校、私立大学は約 300 校です。試験の問題は、私立の場合、大学によって全部違います。やさしい大学もあれば、むずかしい大学もあります。国立大学の入学試験は、全大学が第一回目は同じ日に同じ問題で行い、第二回目は第一回目の試験に合格した受験生を対象として、各大学それぞれ独自の問題でやります。ですから受験生にとって、国立大学を受けるチャンスは一回しかありません。これに対して試験の日が同じでなければ、私立大学はいくつでも受けられます。

　受験生は平均して 4 つぐらいの大学の試験を受けます。それは一

日本的大學

• チャンス：chance 機會；良機。

つの大学しか受けない場合、もし合格しなかったら困るからです。国立も私立もどちらも合格したときには、どうするでしょうか。たいていは国立大学へ行くでしょう。私立大学の授業料が国立大学に比べて非常に高いことがその理由の一つです。

どの大学の入試にも失敗した人や自分の希望する大学に入れなかった人は、来年を目ざして一年間勉強します。こういう人たちを浪人と呼んでいます。彼らは自分の家で勉強しても能率が上がらないので、予備校という学校へ行って、大学入試のための特別な勉強をします。

最近、医学部などで賄賂を使って入学する学生がしばしばみられます。こういう学生が将来医者になるわけですから、ほんとうに困ったことです。

- 来年を目ざして：指望著明年，目標定為明年。
- 浪人：①武士時代，失去主公或被革職而無固定收入之武士；失業者。
　　　②重考大學之學生。
- しばしば：屢次。

2. 日本の新聞

　日本にはいろいろな新聞があります。「聯合報」のような新聞の他に、スポーツや経済専門の新聞もあります。台湾と同じように、朝と晩、家庭に配達してくれます。

　朝の忙しい時には、ごはんを食べながら新聞を読む人もいます。電車の中で新聞を読む人もたくさんいます。新聞をもっていない人は、車中で隣の人の新聞をこっそりのぞいて見ます。読み終わった新聞は、駅の屑かごに捨てるか、又は電車の網だなに放り投げていく人が多いようです。その新聞を拾って読めば、新聞代はいりません。

　台湾と違って日本では、一つの新聞社が、朝と夕方、一日2回、

日本の報紙

・こっそりのぞく：偸偸地探望。

　　　のぞく：窺視。

・屑かご：廢紙簍。

・網だな：（公車、火車等的）行李架。

・放り投げる：抛；丟；扔。

・新聞代：報費。

新聞を発行します。朝刊は 24 ページもありますが、このうち広告もたくさんあります。これを全部読むことはできませんから、自分の好きなところだけ読んだあと、ちり紙と交換してくれる商人に売り渡します。

　日本の新聞の中で一番有名なのは「朝日新聞」で、毎日 700 万部以上も発行されています。朝日新聞のみならず日本の新聞の中国についてのニュースは、非常に偏向しています。つまり、大陸中国のことはよく報道してくれますが、台湾のことはあまり報道してくれません。わずかに「産経新聞」だけが、台湾のニュースを我々に伝えてくれます。しかし最近は、少しずつですが、このような傾向が改まってきました。

- ページ：page頁。
- ちり紙：衛生紙。
- のみならず→だけでなく：不僅僅是。
- ニュース：news新聞、消息。

ちり紙交換屋さんの口上：

「いつもご町内をおさわがせております。

　こちらはおなじみのちり紙交換でございます。

　お宅には古新聞、古雑誌などはございませんか。

　ございましたら、量の多少にかかわらず、お知らせください。

　ちり紙と高級化粧紙などに交換してさしあげます。」

3. 日本人の食生活

　日本料理というと、すぐ「すし」や「さしみ」、それに「てんぷら」などを思い浮かべますが、日本人はいつもそうしたものを食べているのではありません。特に最近は、魚の値段が高くなったり、海が汚染されたりして、新鮮な魚が手に入りにくくなり、昔ほど「すし」や「さしみ」をたくさん食べられなくなりました。昔は朝、ごはんと「みそ汁」を必ず食べましたが、今はパンとコーヒーや牛乳の方が好きな人が多いようです。食生活全体をみても、西洋料理や中華料理が、日本人の食事の半分を占めています。

　しかし、日本を離れて外国で暮している人が一番ほしがっているものは、やはり「みそ汁」と「うめぼし」だそうです。ですから、

日本人的飲食習慣
- 手に入りにくい：不容易到手；很難買到。
- うめぼし：酸梅干（日本最普遍的食物之一）。

お年寄りは海外旅行をするとき、必ずインスタント「みそ汁」と「うめぼし」を持って行きます。日本にはいろいなインスタント食品がありますが、最近では、自動販売機にお金を入れると、熱いうどんが出てくるようなものまであります。

　インスタント食品は、ちょっと煮たり、焼いたり、あるいはお湯をかけたりすれば、すぐ食べられるので大変便利です。しかし、自分の手で作ったものに比べれば、味はあまりよくないし、また長い間保存できるように、いろいろな薬品が加えられているので、毎日毎日このようなものばかり食べていると、健康によくないと思われます。

- インスタント：instant 快速、簡便、（食品）。
- うどん：日本麺。
- 焼く：用火烤烘。
- お湯をかける：用開水沖泡。

日本料理

4. 日本のデパート

　日本のデパートの営業時間は、だいたい午前10時から午後6時（7時）ごろまでです。台湾のように、一年中休みなしということはなく、一週間に一回は必ず休みます。デパートには、ないものはないと言ってよいほど、何でもあります。最近は、スーパー（マーケット）がたくさんできてきて、デパートと競争していますが、人々は高級品はたいていデパートで買います。「デパートのものは、少しぐらい高くても信用がある。」という考えがあるからです。それに、人にものを贈るとき、デパートの包装紙に包まれているほうが、もらう人も気持ちがいいからです。

　日本のデパートで気持ちがいいことは、中に入ると、きれいな女

日本的百貨公司
- 休みなし：沒有休息；無假日。
- スーパーマーケット：supermarket超級市場。

店員が「いらっしゃいませ」と言って頭を下げ、にっこり笑ってくれることです。デパートはふつうは絶対に値引きしませんが、ときどきバーゲン（セール）をやります。しかし、この時でもデパートは「信用第一」をモットーとしていますから、品質の悪いものは売りません。

　更に日本のデパートでは、そのデパートで買った品物を、60キロ以内の場所なら無料で配達してくれます。つまり、人にものを贈るとき、（自分で）品物を選んで、相手の住所と氏名を書いて店員に渡せば、あとはデパートが相手のところまで届けてくれるのです。わざわざ郵便局まで持っていく必要はありません。

- 値引き：減價。
- バーゲン・セール：bargain sale大減價；大拍賣。
- モットー：motto口號；宗旨。
  - 〜をモットーとする：以〜為宗旨。

5. 日本のバスとタクシー

　日本のバスはワンマン（カー）と言って、車掌さんはいません。バスに乗る時、人々は番号の書いてある小さな紙を取ります。そして降りるとき、ブザーを押し、運転手のそばにある料金箱（運賃箱）に、乗る時取った小さな紙といっしょにお金を入れます。台湾のバスと違って、日本のバスは必ず「次は中山市場」というように放送してくれます。料金は台湾の方が安いですが、日本の方が車内がきれいですし、スピードもゆっくりです。又、日本ではだいたい整列乗車しますが、お年寄りが立っていても席を譲らなかったり、子供が車内をあちこち走り回ったりすることは、台湾と似ています。

日本的公車和計程車

- ワンマンカー：one man car 一人服務公車。
- ブザー：buzzer 電鈴；蜂鳴器。
  - ⊕ベル：bell 電鈴。
    - チャイム：chime 音樂鈴。
- スピード：speed 速度。
- 整列乗車：排隊上車。

— 13 —

タクシーも日本の方がスピードがゆっくりですし、車内もきれい
です。しかし、どこででもタクシーに乗れるという点では、台湾の
方が便利です。日本のバスもタクシーも、運転手はあまり親切では
ありません。特に、お客さんの行き先が非常に近いところ、ある
いは逆に遠いところだと、運転手は嫌がってお客さんを乗せません。
こういうことを乗車拒否といいます。毎年タクシー料金が高くな
り、更に運転手の態度があまりよくないので、人々はだんだんタク
シーを敬遠するようになりました。

　日本では、乗り物の運転手はよく交通規則を守ります。人々が横
断歩道を歩いているときは、歩行者優先で車は必ず止まります。

・親切：好心；熱誠。

・逆に：相反的。

・敬遠する：避開；敬而遠之。

・乗り物：交通工具。

・横断歩道：斑馬線區；行人專用地區。

6. 酒とタバコ

　酒やタバコは体にあまりよくありませんが、多くの人が毎日飲んだり、吸ったりしています。日本では、酒もタバコも自動販売機で自由に買えるので、未成年者もよくのんでおり、いろいろな問題を引き起こします。高校生ぐらいになれば、ほとんどの生徒が隠れて吸ったり、飲んだりしています。最近では、若い女性も酒やたばこをよくのむようになりましたが、若い女性が男性と同じように酒やタバコをのむ姿は、あまりいいものではありません。

　ところで、日本人の中には、酒を飲むとすぐ酔って人に迷惑をかける人がいます。こういう人を「酔っぱらい」といいます。話をしているうちに泣き出す酔っぱらいもいますし、げらげら笑い出す人

酒 和 畑

- タバコ：tobacco香烟。
- 体によくない：對身體不好，對身體有害。
- 買える：能够買。（可能動詞）。
- 高校生：高中學生。
- 隠れて：偸偸的，背著別人。
- 姿：様子。

— 15 —

もいます。こんなのを「泣き上戸、笑い上戸」といいます。上戸とはお酒のよく飲める人で、飲めない人を下戸といいます。また中にはあまり上品でない歌を歌い出すのもいます。一番困るのは人とけんかを始めたり、女性をからかったりする酔っぱらいです。ところがこうした酔っぱらいに対して、日本人は昔から驚くほど寛大で、「酔っぱらい」のやった行為は大目に見るという傾向があります。このように日本では、酔っぱらってもあまり恥かしくないという考えがありますから、「日本は酔っぱらい天国だ」と言われます。

　中国では、こういう人をめったに見かけません。つまり、中国人の方が日本人より、お酒を上手に楽しく飲んでいると言えるでしょう。酒は飲むものであり、逆に酒に飲まれてはいけません。

- 酔う：醉。
- 人に迷惑をかける：給別人添麻煩，妨害別人。
- 酔っぱらい：喝醉酒的人，酒鬼。
- 泣き出す：開始哭；哭起來。
- げらげら：大笑聲，形容放肆的笑聲。
- 笑い出す：開始笑；笑出來。
- 女性をからかう：調戲婦女。

- 大目に見る：寛恕，不追究。
- 酔っぱらい天国：酒鬼的天堂。
- めったに：（下接否定）不常，不多。
- 逆に：相反的。
- 酒に飲まれる：被酒呑食。

7. 日本の大学生の生活

　日本の大学生は、どんな生活をしているのだろうか。お金のある学生とない学生、家から通っている学生と下宿している学生によって違うが、共通した悩みは、交通費が高いことである。だから、ときどき不正乗車をする学生も多い。下宿している学生にとって、部屋代が高いのもとても困る。更に、食事の問題も悩みの一つである。いつも町の食堂で食事すると、とても高いし栄養が偏るからだ。又、下宿に風呂場がないときは、お風呂屋さん（銭湯）まで行かなければならない。下宿から風呂屋まで遠いと、冬などは大変困る。

　多くの学生は、旅行や遊びなどのレジャーのお金をかせぐために、

日本的大學生生活

- 不正乗車：違規乘車。
- 偏る：不平均；偏向。
- 風呂場：浴室。
- レジャー：leisure 閒暇娛樂；休閒活動。
- アルバイト：Arbeit 副業；業餘工作；學生打工。

アルバイトをする。アルバイトにはいろいろあるが、楽で収入が多いのは家庭教師だろう。

　日本の大学生の中には、まじめに勉強する学生と、徹底的にサボって遊ぶ学生がいる。遊んでばかりいる学生に一番人気があるのは、マージャンであろう。授業に全然出ないで、四年間マージャンばかりやっている学生もいる。そういう学生でも卒業できるのだから、日本の大学とは不思議なところである。

　大学にはいろいろなクラブがある。しかし、クラブは練習が厳しいので、それを嫌がって入らない学生も多い。そういう学生たちは、たいてい喫茶店でおしゃべりなどをして、時間をすごすことが多い。

・楽：舒服；不費力。
・サボる：故意偸懶；逃學；蹺課。サボタージュ sabotage 的動詞形。
・マージャン：麻將牌。
・クラブ：club 社團活動；倶樂部。

8. 日本の若い人たち

　今、日本で一番ぜいたくな暮しをしているのは、どういう人たちだろうか。それは結婚前の若い人たちである。彼らはかせいだお金を自分で自由に使える。もちろん将来のために貯金もするが、たいていの人は、欲しいものがあるとすぐ買ってしまう。妻や子供がある人から見ると、とてもうらやましく感じる。このような若い人たちは、「独身貴族」と呼ばれている。

　会社が終わると、料理や洋裁の学校、生け花やお茶の学校、更に英会話やタイピスト養成の学校へ通う女性も多い。土曜日や日曜日になると、ショッピングや映画を楽しみ、又、恋人とドライブを楽しむ若い人も少なくない。又、最近日本では、休日を利用して

日本的年輕人

- ぜいたく：奢侈。
- かせいだお金：賺到的錢。　　◉かせぐ：賺；贏得。
- うらやましい：羨慕。
- お茶の学校→茶道の学校：教茶道的學校。
- タイピスト：typist 打字員。

海外旅行に出かける人も多いが、そういう人たちの多くはこうした若い人たちである。彼らの住んでいる部屋を見ると、テレビやオーディオセットなどの電気製品や外国製のスポーツ用具、服飾品などでいっぱいである。

　大学生の生活も優雅になった。昔の大学生は、ほとんどの者が「アルバイト」をして学費をかせいだが、今の大学生はお金がなくなると、すぐ親から送ってもらう者が多い。このようなわけで、今の日本の若者は、物質的には確かに恵まれているが、精神的にはどうもひ弱になってきているように思える。

- ショッピング：shopping 購物，買東西。
- ドライブ：drive（坐汽車）兜風。
- オーディオセット：audio set 音響設備。
- 恵まれる：在良好的環境或條件下；幸運。
- ひ弱：軟弱；不堅強。

9. 日本のスポーツ（野球）

　日本では、どんなスポーツが盛んであろうか。いろいろある中で、一番人気があり盛んなのは、やはり野球である。日曜日や休日になると、広場や空き地では、たいてい野球の試合が行なわれている。台湾では少年野球が盛んだが、日本では高校野球が一番人気があり、春と夏の2回、大きな試合が行なわれ、連日、5万、6万という人が観戦に行く。自分の住んでいる地方の高校が出場する日には、仕事を休んで応援に行ったり、テレビにかじりついてその試合を見物したりする人も多い。

　プロ野球も高校野球と同じように人気がある。プロ野球のチームは現在12あるが、その中で一番人気のあるのは、王貞治のいる巨

日本的運動（棒球）

- 応援：聲援；助威。
- テレビにかじりつく：盯住電視機不動。
  - ◉かじりつく：咬住不放。
- プロ野球→プロフェッショナル professional 野球：職業棒球。
- チーム：team 隊。

人軍であろう。スポーツはやはり強いチームに人気が集まる。巨人軍はだいたい毎年優勝か第2位になるので、「巨人ファン」がたくさんいる。特に王選手はホームランをよく打つので、子供にも老人にもとても人気がある。しかし、人気の原因はそれだけではない。王選手が努力して今日のような立派なバッターになったことが、人々の共感を呼ぶのである。更に、いばらず、いつも謙虚で礼儀正しいことも、人々に好かれる理由の一つである。

- 巨人ファン：巨人隊迷。ファン：fan擁護者；迷者。
- ホームラン：home run 棒球賽中的全壘打。
- バッター：batter 棒球打者；撃球者。
- 共感を呼ぶ：引起共鳴。
- いばらず→いばらないで：不驕傲。
  ……ず→……ないで。
- 礼儀正しい：彬彬有禮；有禮貌。

10. 日本人とテレビ

　世界の国の中で、日本ほど一日中テレビをやっている国はないのではないか。なにしろ、東京地方には8つのテレビ局があり、どのテレビ局も朝の6時から夜の12時、時には夜中の2時ごろまで、途中休むことなくずっと放放しているのである。

　朝起きてから家を出るまでの忙しい時間でも、人々はテレビを見る。時計の代りに、テレビの画面の隅に出る時刻を見るためだ。夫や子供が会社や学校へ行ったあとは、専ら主婦向けの番組が多い。ひととおりの家事が終わると、テレビにかじりつきの主婦も多く、平均一日に4時間ぐらいテレビを見るというから、ほんとうに驚く。

　晩ごはんのときは、子供向けの漫画が多い。それが過ぎ8時ごろ

日本人和電視

・夜中：半夜。

・途中休むことなく：中間沒有休息。

・ひととおり：大致；大略。

・かじりつき→かじりつく：盯住不放；咬住不放。

　◉かじる：咬；啃。

— 27 —

になると、人気番組が始まる。子供としてはもっとテレビを見ていたいのだが、9時ごろになると、親から「勉強、勉強」とうるさく言われ、仕方なく自分の部屋へ行く。しかし、もちろん勉強しているとは限らない。レコードをかけたり、漫画の本を見たりしていることも多い。

　子供が寝静まった11時頃になると、おとな向けの番組が始まる。最近、日本では一家に2台ぐらいのテレビがあるのがふつうだから、親が知らない間に、子供たちが別の部屋でこっそりおとなの番組を見ている、ということもある。

　次に台湾のテレビと日本のテレビの違いについて、いくつか述べよう。前に言ったように、日本では一日中放送していることもその一つだが、更に日本には、番組の間にコマーシャルを放送しない

- 人気番組：受大衆歓迎的節目；熱門節目。
- 仕方なく：沒辦法；拗不過。
- ……とは限らない：不一定……。
- 寝静まる：夜深人静（指孩子們都睡了・很安静）。
- おとな向けの番組：成人節目。
- ふつう→普通：一般的情形；不稀奇。

テレビ局があることも　、その違いの一つである。そのテレビ局は日本放送協会すなわちNHKである。NHKはコマーシャルを放送しない代りに、テレビを持っている家庭から、毎月一定の受信料を徴収する。又、日本では新聞のテレビ番組紹介欄が台湾より詳しくて、そこに書いてある時間どおりに始まり、時間どおりに終わる。そのほかに、日本は単一民族なのでことばもひとつであり、台湾のように画面の下に文字は出ない。外国映画の時でも、たいてい日本語に直して放送する。これを「吹きかえ」と言う。非常にうまく吹きかえをしてあるので、まるでその人がほんとうに話しているようだ。あるおばあさんがテレビの外国映画を見て、「この外人さんは日本語が上手だねえ」と言って驚いたという話もあるほどだ。

- コマーシャル：commercial 商業廣告。
- NHK：Nippon Hoso Kyokai：日本廣播協會。
- 時間どおり：準時。
- 吹きかえ：配音；對嘴。
- ～という話もあるほどだ：甚至於有～的故事。

11. 銭湯と床屋

　今はだいたいどの家でも風呂場があるが、昔は家に風呂場のある家はあまり多くなかったので、人々は銭湯へ行った。日本のように湿気が多い国では、夏などお風呂に入らないと、気持ちが悪くて寝られない。それにお風呂へ入ると、疲れがとれるし、体も温まり、血液の循環もよくなるので、お年寄りには特に喜ばれる。いい気持ちになると、手ぬぐいを頭の上にのせて、歌を歌い出す人もいる。お風呂からあがると、人々はそこでいろいろ世間話をする。いろいろな人と世間話ができるのが楽しみで、銭湯へ行く人も多かった。子供にとっても銭湯は楽しいところだった。水遊びができるし、お互いの背中に水かけっこなどもできたからだ。

公共浴室和理髪店

- 銭湯：公共浴室；澡堂。
- 床屋：理髪店。
- 手ぬぐい：日式（洗臉）毛巾。
- 世間話をする：講閒話；閒聊。
- 水かけっこする→水を掛け合う：互相潑水玩。
  - ◎……っこ：接尾語；前接動詞表示互相做該動作遊戲。

銭湯と共に、人々の世間話の場所としても利用されたのが床屋で
あった。髪を刈ってもらいながら床屋の主人と世間話をしたり、順
番を待っている他のお客さんといろいろ話しをするのが楽しかった。
だが、最近人々はあまり床屋へ行かなくなった。というのは、<u>料
金</u>が台湾の5〜6倍もするからだ。日本の物価は高いと言われるが、
床屋の料金は、そのうちでも最も高いものの一つであろう。日本の
若者に長髪が多い理由の一つとして、床屋の料金が高いことがあ
げられる。

　昔から<u>庶民</u>の社交場の<u>役割を果</u>していた銭湯や床屋へ行く人が少
なくなりつつあるのは、<u>寂しい気がする</u>。

　　　如△にらめっこする→にらみ合う：互相瞪眼。
　　　　　　かけっこする：賽跑。
　　　　　　引っぱりっこする：互相曳拉。
　　　　　　うそのつきっこする：互相説謊。
・料金：費用。
・庶民：一般小市民。
・役割を果す：盡……之責；當任……的效果。
・寂しい気がする：感到惋惜；凄涼。

12. 出前

　ひとの家を訪問するときは、ふつう行く前に電話をかけて、その人がいるかいないか確かめ、更に都合がいいかどうかを聞いてから行くのが礼儀である。そうすれば、その人もお客さんのために、いろいろおいしい食事を準備できる。ところが、何の連絡もしないで突然訪ねてくる人がいる。特に食事どきだと、とても困る。日本料理は中国料理と違って、一つの皿の料理をみんなで食べるということをしないから、急に人数が増えると、その人の分をまた作らなければならない。だから食事の時間には、お互いに訪問しないようなルールが自然に出来あがる。そうはいっても、やはり突然の客というものはある。そういう場合、自分で料理を作る時間

送菜服務

- 出前：飯館的送菜服務。
- 都合がいい：適合；方便。
- 食事どき：吃飯時間。
- 急に：突然。
- ルール：rule 規矩。
- そうはいっても：雖然如此説；可是。

がないと、近くの食堂に頼んで、すしやそば、あるいは天丼など を持ってきてもらう方法がある。電話一本ですぐもってきてくれる ので、とても便利である。しかも、配達料は取らない。たいてい は、おすし三人前、四人前というように注文するわけだが、一人 前でも嫌な顔をしないで持ってきてくれることもある。こういう制 度を出前という。しかし最近は、注文の数が少なかったり、その 店が他のお客さんで忙しい時などは、出前をしてくれない場合があ る。更に配達料をとる店もでてきた。又、人手不足などもあって、 この出前制度もだんだんなくなりつつあるようだ。

・天丼→天ぷら丼：天婦羅蓋飯。

　◉丼：够一人吃的深底厚磁大碗；蓋飯用大碗。

・電話一本：一通電話。

・配達料：送貨費用。

・嫌な顔をしないで：不嫌麻煩；很願意的。

　◉嫌な顔：不高興的臉色；臭臉。

13. 旅と駅弁

　日本の10月は暑くもなく寒くもなく、旅行に一番いい季節である。だからお金と時間がある人は、どの人も旅行に行きたがる。そのため道路は車で渋滞し、なかなか前へ進めない。又、汽車も3週間ぐらい前から予約しておかないと、座れないことが多いし、ホテルは一カ月以上も前に予約しなければならない。

　昔の人は馬に乗ったり、駕籠に乗ったり、あるいは歩いて旅行をした。今の東京から京都まで、十日も二十日もかかって旅をしたものだ。ところが今は、新幹線で3時間あまり。とても便利になった。しかしその反面、各地方のめずらしいものをゆっくり見て、その土地の人と話しをしながら旅をするということは、少なくなって

旅行和火車便當

- 渋滞する：停頓不前進。（尤指交通）。
- 駕籠：日本古式轎子。
- 新幹線：日本最快的火車。

しまった。

　15年ぐらい前までは、汽車が駅に止まると、人々は窓を開けて駅弁を買ったものだ。しかし、今の汽車はそういうことができない。特急列車などはとてもスピードが速いので、窓を開けると危険である。そのため窓は開かない。だから、あの駅弁屋さん独特の「べんとおーー、べんとお、べんとおーー」という呼び声も、だんだん聞かれなくなってしまった。その代り、今はヤムチャ（飲茶）のように、ウェートレスがワゴンに載せて売りにくる車内販売の弁当を買うことが多くなった。だからほんとうに旅を愛する人は、特急列車などに乗らない。各駅停車の列車に乗って、駅弁屋さんから買った弁当を食べ、ゆっくり各地の景色を見ながら旅をする。

- 駅弁：在火車站出售的飯盒。
- 開ける：開；打開（他動詞）。
- 開く：開（自動詞）。
- ウェートレス：waitress 女性服務生。
- ワゴン：waron 手推車。

14. 出版の自由

　日本は世界でも指折りの出版王国である。毎日何十冊という本が新しく出版され、書店に並べられる。しかし、本の命は昔に比べたら短い。あまり売れない本は店の隅に置かれ、2、3ヶ月も経つと、もう書店から姿を消すということも珍しくない。その代りベストセラーは店先にうずたかく積まれる。もちろん出版社も書店も利益を第一に考えるから、売れそうな本をたくさん作るのは、あたりまえであろう。しかし、よく売れる本が必ずしもよい本であるとは限らない。ベストセラーの中には、確かに内容的によいものもあるが、ただ興味本位で書かれたものも少なくない。又、日本は「出版の自由」が憲法で保障されていることもあって、非常に下品

出版自由

・指折りの→屈指の：屈指可數的；著名的。

・姿を消す：消失踪影；不見。

・ベストセラー：best seller 暢銷書。

・うずたかく積まれる：堆積如山。

　◉うずたかい：形容東西堆積得很高。

・あたります：理所當然。

・必ずしも……とは限らない：不一定是……，未必是……。

で、低俗な週刊誌がたくさん発行されている。ある外国人が「日本人は何と読書好きな民族か」と驚いたという。その理由を尋ねると、「日本人は満員電車の中でも、ほとんどの人が本や雑誌を読んでいるからだ。」と答えた。その実、このうちの半分ぐらいの人は、あまり上品な週刊誌を読んでいるとは言えない。このような事を知らない外国人は「日本人は、勤勉で読書好き」と思うのである。

そのようなあまり上品とは言えない週刊誌は、読み終るとたいていごみ箱に捨てるか、電車の網棚の上に放り投げ、家まで持ち帰らない人も多い。保存する価値がないからだ。更に日本では、このような下品な週刊誌を青少年が簡単に手にすることができるのが、大きな社会問題の一つになっている。書店で買うこともあるが、たいていは街角にある自動販売機で買うのだ。（日本では酒もタバコも

- 興味本位：好奇為先；引起一般人興趣為優先。
- 下品：下流。←→上品。
- 何と……か：多麼……啊！
- 満員電車：擁擠的電車。
- ごみ箱：垃圾箱。
- 網棚：火車、公車內之行李架。
- 手にする→取る，持つ：得手；拿。

自動販売機で買える。）このような低俗な週刊誌の内容に刺激されて、性犯罪を犯す青少年もいる。「紙の使用量の多少は文化水準のバロメーター」などと言われるが、どんなに紙の使用が多くても、このような下品な週刊誌が多くては、ほんとうの文化国家とは言えない。表現・出版・思想の自由は日本のよい面でもあるが、たしかに問題点もすくなくない。

• バロメーター：barometer 衡量事物的標準。

15. 大学生の就職試験

　大学生は4年生になると、今まで遊んでばかりいたものも、少しはまじめに将来のことを考えるようになる。卒業・就職ということが、目の前にぶらさがっているからだ。

　以前は、4年生になるとすぐ、有力な企業が優秀な学生を自分の会社に就職させる契約（これを「青田買い」という）をしたが、そうすると、その学生は4年生のほとんどの時期を、勉強もしないでだらだらとすごすことが多いので、他の学生や大学自身にも悪影響を及ぼすということから、最近では、10月1日以前にそういうことをしない約束が企業間に出き上がった。

　しかし、表面上はそういうことになっているが、実際はかなり

大學生的就業考試

- 目の前にぶらさがっている：迫在眉睫；（待解決的問題）懸掛在眼前。
- 青田買い：企業和應屆畢業生訂定就業契約。

　　　　　（原意為：糧商在稻米尚未成熟以前把稻田（低價）收購。）
- だらだら：懶散的樣子；冗長而漫無秩序的狀態。
- 知人関係：朋友間的人際關係。
- 大学の先輩・後輩：大學的先後校友；大學的學長和學弟妹。

前から、いろいろな手段（知人関係、大学の先輩・後輩関係など）を使って、優秀な学生を自社に引っぱり、いち早く内定させている会社も多い。だから、10月から11月頃にかけて一応の入社試験はやることはやるが、それは形式的なものになっている。こういうわけだから、自分が入りたい会社に知人がいないとか、大学の先輩がいないというような学生が、その会社に入るのはなかなかむずかしい。

　更に、4年制の大学を出た女子学生の就職もかんたんではない。一般的に言って、女子は、入社後、2、3年、やっと仕事ができるようになると、結婚のため退職してしまうケースが多いからだ。日本では、結婚後もその仕事を続けるという女性は、まだまだ多くない。ふつうは会社の仕事を結婚するまでの腰かけのように考えて

- 自社に引っぱる：拉到自己公司；挖角。
- いち早く：老早；早一步。
  - ◉いち→いちじるしい：表示加強程度的接頭詞。
- 一応の：大致的；表面上的。
- やることはやるが：做是做的（下接可是……。）
- 退職：辭去公司職務；離開公司↔入社。
- ケース：case 情形；事例。

いる。これでは企業の経営者としても、女子学生を採用することを敬遠せざるをえないであろう。

　このように大学生の就職に関しては、いろいろ問題点があるが、もちろんどの大学生にも平等に試験の機会を与え、学閥とか縁戚関係によらず、公平にその能力を見て採用する会社も多くなってきたことは事実である。それは、経済の国際化に対応するための必然的な要請でもある。

- 腰かけ：坐椅。
- 敬遠せざるをえない→敬遠しないわけにはいかない：不得不敬而遠之；
  不得不廻避。
  ◉敬遠：為了怕麻煩而廻避。敬而遠之。
  △敬遠の四球：棒球賽中為了怕強打者撃出全壘打而故意投四壞球保送。
  ◉～せざるをえない→しないことはできない：不得不～。
- 学閥：大學内的派系。

- 縁戚関係：姻親關係。
- よらず→依らず；頼らないで：不依靠。
- 要請：需要。

16. 日本人観光客

　台湾には、いろいろな国からたくさんの観光客が来るが、よくみ
ていると、ある団体客はほとんどの人がカメラをぶらさげ、メガネ
（最近はカタカナでもよく書きます）をかけている。そしてその人
たちは、バスから降りるとすぐ写真をとったり、おみやげ屋に入っ
ておみやげを物色したりする。こうして旅行中、次から次へとお
みやげを買いまくるので、日本へ帰ってきたときは、両手におみ
やげがいっぱいで、おみやげが歩いているように見える。日本人の
旅行は見る楽しみより、買う楽しみにあるようだ。そして日本人の
買物は、多くの場合衝動的で、必要なものを合理的に買うのは下
手であり、値切ることもあまりしない。

日本人観光客

- ぶらさげる：懸掛。
- 買いまくる：拼命的買；猛購。
  - ◉まくる：接尾語，接在動詞後表示拼命地，猛做該動作，直到達到目
    的為止。
  - △書きまくる：拼命寫。
  - 追いまくる：窮追。

また日本人には、「ただのものはもらわなければ損である」という心理があり、きれいなパンフレットなどが置いてあると、一人で何枚も持っていってしまう人が多い。そしてそれを日本へ持って帰っても、よく読みもせず、大部分は捨ててしまう。

　バイキング料理などのときも、日本人はたいてい一人でたくさんの料理をとり、自分のテーブルに持ってくる。ところが、ほとんどの人が持ってきた料理を食べ残す。自分のおなかにどれだけの食べものが入るのか、わからないのだろうか。そうではない。「食べ放題」なのだから、できるだけたくさんの料理を取らなければ損である、という心理があるからだ。

　　　　逃げまくる：拼命的逃。

　　　　しゃべりまくる：喋喋不休。

・値切る：殺價；講價；還價。

・ただのもの：免費的東西。

　　◉ただ：免費。

・パンフレット：pamphlet 簡介小冊子。

・バイキング料理：viking 付一定的價錢自由取食直至吃飽的餐食。

c. f. ビュッフェ:buffet 自助餐在日本多半指新幹線快車上的餐車。

・食べ放題：盡吃。自由取食直至吃飽。

◉放題：接尾語，接在動詞後表示任意，自由，毫無限制之意。

△彼の両親は金持だから彼はお金は使い放題だ。

　　因為他父母有錢，他任意揮霍。

△忙しくて部屋は散らかし放題です。

　　因為太忙（沒時間打掃）房間裏任憑雜亂。

・ただのものはもらわなければ損：不拿白不拿。

17. 観光地と公徳心

　毎日忙しい生活を送ってる人が、たまの休日にゆっくりと自然の中ですごすことは、とてもよいことである。ところが、そこへ行くまでが大変である。休日はどの電車もバスも超満員で、ラッシュ・アワー並みだ。観光地へ着いてからも、またひと、ひと、ひとで、ゆっくりあたりの景色を見ることもできない。これでは、景色を見に来たのか、人を見に来たのかわからない。

　又、最近は、どこも自然の姿を改造しすぎて、人工の観光地ばかり作ってしまい、ほんとうの自然を求めてやってきた人達をがっかりさせる。更に、そうした観光地に飲食店やおみやげ屋が乱立していることも、自然の景観を台なしにしている。

観光勝地和公徳心

- たまの休日：難得的假日。
- 超満員：過份擁擠。
  - ◉超……：接頭語，表示遠超過標準。過份。恰似英文的 super。
- ラッシュ・アワー：rush hour 交通擁擠尖峰時間。
- 並み→……と同じ：如同……，和……一樣。
- 乱立：許多建築物毫無秩序地建立。
- 台なしにする：糟蹋；破壞。

観光客のマナーもあまりよくない。空瓶や空きかん、食べ残したものをあたりかまわず捨てる。ごみ箱があるのにそこへ捨てようとしない。これでは、せっかくの名所・景勝地もごみでいっぱいになってしまう。中には、悪臭を放っている観光地もある。ほんとうに自然を愛するなら、ごみは紙やビニール袋に包んで家へ持ち帰るぐらいの気持ちが必要であろう。又、最近ではマイカーでやってきて、きれいな花や木を根ごと持って行ってしまう人がいる。

　日本には昔から「旅の恥はかき捨て」ということばがあり、自分の住んでいる所を離れると、公徳心がなくなってしまうようだ。

- マナー：manner 禮節，規矩。
- あたりかまわず→どこへでも：隨地，不管任何地方。
- せっかくの名所：好好的名勝地。
  - ◉せっかくの：下接名詞表示特意的好好的。
  - △あなたのせっかくのご好意を無にして申しわけございません：辜負了您的一番好意，非常抱歉。
  - △遠い道をせっかく来たのに、彼は留守だった：特地老遠跑來，他卻

　　不在家。

・ビニール袋→vinyl袋：塑膠袋。

・マイカー：（日製英語）my car自用汽車。

・根ごと：連根。　　⊕根こそぎ。

　◉～ごと→～と一緒に：表示包括在内，連……一起。

　△りんごを皮ごとかじる：連皮（不削皮）吃蘋果。

　△車ごと谷に落ちた：連車帶人滾落山谷。

△朝鮮人参を箱ごと盗まれた：高麗人参連同盒子一起被偷了。

・旅の恥はかき捨て→旅行先で恥をかいてもかまない。：
在外地旅行時做了一些丟臉的事也不要緊。（因為沒有人認識我）。

18. 買い物の心理

　日本人の買い物の特色として、値切らないこと、衝動買いをすること、それにまとめ買いをすることがあげられる。ある中国人があまりしっこく値切る日本人を見て、「あなたは、日本人らしくない。」と言ったという話しがある。それほど日本人は相手の言いなりになるのだ。売る方から見れば、これほど苦労のいらないお客さんはないだろう。次に「衝動買い」についてであるが、これはどうも女性の特技のようだ。その証拠に、デパートなどでは、人目につきやすいところに、あでやかな女性の衣服を飾り、女性の購買欲をかきたてている。又、日本人は、ものを買うとき、一つ一つよく選んで買う、ということが上手ではない。旅行などでも、たくさ

購物者的心理

- 値切らない：不殺價；不還價。

　◉値切る　：還價；講價。

- 衝動買い：由於一時的衝動而購買物品；不經過仔細的考慮而買東西。

- まとめ買い：成套購買；統一購買。

- しつこい：纏人的；糾纏不休的；嘮嘮叨叨的。

- 〜らしくない：不像〜。

んの名所を一つのコースにまとめた団体旅行が好きである。旅行だけでなく、日常生活品でも、ただ便利だからということで、まとめて買うことが多い。たとえば、八百屋さんなどで、トマトを8つぐらいまとめて150円というような売り方をしている。一つずつ選んで買うより、確かにこの方が割安である。しかし、中にはちょっと傷があったり、腐っているものもあったりする。こういうときには、「まとめ買い」は、かえって高いものになってしまう。また全集などを買うときも、日本人は、全巻まとめて買ってしまう。全巻まとめて買うと割引してくれるから、確かに安くなる。しかし、実際はそのうちの読みたい本しか読まない。だからその本だけ買った方が安いのだが、そういうことはしない。更に「本は読まなくても飾りになる」という考えがあることも、こうした傾向を助長し

- 言いなり：聽從別人。
- 言いなりになる：自己沒有主見，聽從別人。
- 女性の特技：（喻女人最容易犯的毛病）女人特有的技能。
- 人目につきやすいところ：容易引人注意的地方；醒目的地方。
- あでやかな：艷麗的；華麗的。
- 購買欲をかきたてる：激發購買的意念。
  - ◉かきたてる：引起某種情感或欲望。　⊕そそる。
  - △今度の殺人事件は非常に特種なケースなので人々の興味をかきたて

— 54 —

ている。

　た。這次的命案，因為事例很特別，所以引起一般人的興趣。
　△夏の料理は冷たくしたり、緑を添えたりして、食慾をそそりましょ
う。

　　夏天的菜，要使其冰涼或加添緑色等，來引起食慾。

• コース：course 路程。

• 割安：較便宜←→割高。

• 傷→疵：瑕疵；毛病，缺陷。

• 割引：減價；打折。

19. おみやげ文化

　私たちは旅に出ると、親しい友人や親戚の人におみやげを買う。特に「餞別」をもらうと、その餞別に見合ったおみやげを買うのに、ひと苦労する。

　ある新婚の二人が、楽しそうに新婚旅行に出かけた。彼らは新幹線に乗ると、すぐおみやげのことを話し始めた。観光地へ行っても、風景を見ることは後まわしにして、おみやげ屋に直行し、何軒か見て回った。新婚旅行から帰ってきたとき、彼らの荷物は行きの3倍になっていた。そして大変疲れているように見えた。これは旅行の疲れだけでなく、たくさんのおみやげのせいでもある。

　このように、せっかく苦労して買ってきたおみやげも、観光地の

紀念品文化

・おみやげ：某地方的土産品；帶回去的禮物。

・餞別：臨別贈送的金錢或禮物。

・見合う：相稱；相抵。

・ひと苦労：費工夫；傷腦筋。

・後まわし：往後挪，緩辦；次要；擱下。

・せい：原故。

おみやげはあまりよくないものが多い。箱ばかり大きくて中味が少ないということもあるし、中の食べものが腐っていた、ということもある。更に最近では、日本なら東京へ行けば、全国各地のおみやげはだいたいそろっているので、旅行へ行ってわざわざ大きなおみやげを買う必要もなくなってきた。しかし、旅から帰った人からおみやげをもらうことは、やはりうれしいもので、旅に出たら親しい人におみやげを買う気持ちは、持ち続けたい。値段が高いものでなくてもいいから、ちょっとした記念になるものを贈れば、相手も喜ぶことだろう。

- 中味：装在裏面的東西。
- 相手：對方。

20. 短気な日本人

　日本人は中国人と比べて見た場合、非常に気が短いように感じる。たとえばけんかのとき、日本人はまず口より先に手が出る。つまり、ふたことみこと言ったかと思うと、すぐ殴り合いになる。だが中国人は気が長い。たとえば、車と車がぶつかったとき、運転手同士が道の真ん中で激しく言い合うが、決して手を出したりはしない。他の車の迷惑など考えないで、何時間でも言い合う。こんなとき、日本なら力の強い方が弱い方をすぐ殴ってしまう。中国では女の人でも、道路上で男の人と対等に言い合う。日本の女性は最近強くなってきたと言われるが、道路上で男の人と対等に口げんかすることはまだできない。

性急的日本人

- 気が短い→短気：急性子。　　　⊕短気
- 口より先に手が出る：没開口先動手。
- ふたことみこと→二言三言：三言兩語。
- 殴り合い：互相毆打。
- ぶつかる：碰上；衝突。
- 激しく言い合う：激烈地爭論；吵架。
- 口げんか：吵架；鬥嘴。

気が短いことと命を大切にしないこととは、関係があるように思われる。昔から生活が苦しくて一家心中したり、三角関係に悩んで自殺することはよくあったが、最近は特に青少年の自殺が多い。学校の成績が悪いのを気にして、あるいは、入試に失敗して自殺したり、新入社員が会社の仕事がうまくいかなくて自殺したりすることがよくある。自分の命だけでなく、他人の命も大切にしない。赤ん坊が泣いてばかりいるので殺してしまう母親もいるし、隣りの家のステレオがうるさいので、抗議に行ったついでにその家の人を殺してしまったりするようなケースが、日本ではしばしば起こる。

- 命：生命。
- 一家心中：全家人一同自殺。
- 泣いてばかりいる：一直在哭；總是在哭。
- ステレオ：stereo 立體音響。

21.忘年会

　12月の中旬になると、日本では官庁でも会社でも「忘年会」というものが盛んに行なわれる。「一年間、お互いにご苦労さまでした。嫌だったこと、辛かったこともみんな忘れて、気持よく新しい年を迎えましょう」というわけで、その会社の全員でいっしょに食べたり、飲んだりするのである。最近は物価が高くなったので、一人一回5000円以上もかかる。飲んだり、食べたりすることが好きな人は、一回だけの忘年会ではもの足りないので、いろいろな名目をつけて、こうした忘年会を何回もやる。

　ところで、こういう忘年会の席上では、ふだん言えない上役の悪口などを言ってもかまわないので、酔っぱらった勢いで、上役と

年終聚餐會

- 官庁：政府機關。
- もの足りない：意猶未盡。不過隱。
- いろいろな名目をつけて：以各種題目做藉口。
- 上役：上司。
- 悪口：壞話；誹謗人的話。
- 酔っぱらった勢いで：借喝醉酒的氣勢。

口論する人もいる。更に、飲みたりない人は、仲のよい人たちと別の飲み屋で酒を飲み続ける。これをハシゴ酒という。こうして、2、3ヶ所で飲んだり、食べたりしているうちに、ほんとうに酔っぱらって、その場に座りこんでしまったり、駅のベンチで寝てしまったりする人も多い。自分の家まで帰ってくる人も、ネクタイははずれ、ズボンは汚れ、上衣のボタンはとれてしまい、千鳥足で帰ってくる。それでも、妻は夫をやさしく迎えてやる。もちろん、夫より先に寝てしまうなどということはない。妻はこの忘年会の季節になると、夫が酔っぱらって途中で倒れていないか非常に心配する。

- 口論：爭論；吵架。
- 飲みたりない人：喝得不够多的人。
- 飲み屋：供應酒菜的小店。
- ハシゴ酒：一家挨一家地去喝酒尋樂的行為。◉ハシゴ：梯子。
- その場に座りこむ：就地坐下來不動。
- 駅のベンチ：車站內的長椅。◉ベンチ：bench。
- ボタン：button扣子。
- 千鳥足：喝醉後的蹣跚步伐（很像千鳥走路的樣子。）

22. 日本のお正月

　日本の（お）正月は新暦で行い、除夜の鐘とともに新年を迎える。

　日本人の大部分は、前夜、遅くまで「紅白歌合戦」というテレビ
の歌謡番組を見ているので、だいたい元旦は朝寝坊をする。（もち
ろん、初日の出を拝むために山に登る人などもいる。）

　お正月の気分は1月7日ごろまで続く。（但し、会社や官庁は
1月4日から始まる）この間、とくに正月三ヶ日は、人々はおせ
ち料理やおぞう煮を食べて暮らすが、洋食化の傾向とともに、こ
れらの料理を食べない人も増えてきた。

　正月になると、人々は新しい、きれいな服を着て（男性も女性も、
お正月ぐらいは和服を着る人も多い）、親戚や知人に新年のあいさ

日本的新年

- 除夜の鐘：在12月31日的夜裏12點，各地的寺院敲鐘一百零八響，為佛
　　　　　法中除去一百零八個煩惱之意。
- 前夜：前一天晚上。
- 紅白歌合戦：日本NHK電視臺在大年夜播放的年終特別節目，把男女
　　　　　歌星分成紅白兩隊演出歌唱擂臺。此節目已播放多年，且觀
　　　　　賞「紅白」已成為大多數日本人家於大年夜的例行節目之一。
- ◎合戦：交戰；比賽。

つに出かけたり、有名な神社などに参拝して、今年もよい年である
ように祈ったりする。

　以前は、正月になると、子供たち外で元気よく凧をあげたり、は
ねつきをしたり、こままわしをしたりして遊んだものだが、今はそ
うしたことをする空地もなくなったせいもあるが、室内で電池で動
くゲームをしたり、トランプなどをすることが多くなった。又、正
月には、特にテレビでおもしろい番組を放送するので、一日中家
にいてテレビばかり見ている子供も多い。又、大人も、正月ぐらい
ゆっくり家で寝ていたいという人も少なくない。（これを「寝
正月」という。）

　子供たちにとっては、大人からお年玉をいくらもらえるかが楽し
みのひとつであるが、大人からみると、お年玉のやり方がむずかし

- 歌謡番組：歌唱節目。
- 初日の出を拝む：迎接元旦的日出；祈求新年帶來幸運向旭日參拜。
- 気分：氣氛；情緒。
- 三ヶ月：一月初一至初三的三天時間；年初三。
- おせち料理：節日的菜，尤指特別為新年做的菜，多半為冷盤菜。
- おぞう煮：新年早上必吃的菜湯年糕。

くて、頭を悩ます。（「お年玉」の項を参照）

　正月には、ふだんお世話になっている人に対して、御礼と「今年もよろしく」という意味で、又、あまり便りのない知人に対しては、相手の状態を聞き、こちらの近況報告という意味で、お年玉年賀状というものを出す。これは、ハガキの下に抽せん番号があって、その番号が抽せんにあたると、（相手が）景品をもらえるしくみになっているものである。この年賀状に、人々はいろいろ工夫をこらした絵などをかいて、正月気分をかもしだすのである。

- お正月ぐらいは：難得在新年裏……。
- 新年のあいさつ→年賀：拝年；賀年。
- 凧をあげる：放風箏。◉凧：風箏。
- はねつき：日式羽毛球（在新年期間的遊戯）。◉はね→羽根。
- こままわし：轉陀螺。◉こま：陀螺。
- ゲーム game：遊戯。
- トランプ trump：撲克牌；紙牌。

- 寝正月：在家睡覺（休息）渡過新年假期。
- お年玉：新年的禮物，多半指壓歲錢。
- いくらもらえるか：能得到多少。

  もらえる→もらう的可能動詞。
- 頭を悩ます：傷腦筋；費心。
- あまり便りのない知人：消息較少的朋友；平時較少書信往來的友人。

  ◉便り：音訊。

  cf. 音訊不通（おんしんふつう）：沒有書信，沒有消息。
- 年賀状：賀年信。
- 抽せん番号：抽獎號碼。
- 相手が景品をもらえる：收信人可得獎品。

  ◉景品：商店等贈送顧客的禮品；由抽獎而抽到的物品。
- しくみ：安排；設計。
- 工夫をこらす：刻意設計；特地下工夫；費盡心思。

  ◉こらす：集中心思做某件事；悉心鑽研。
- かもしだす：引發出；促成（某種氣氛）。

23. お 年 玉

「あと×日寝ると、楽しいお正月が来る。」子供の時は、お正月が来るのを指折り数えて待ったものだ。おいしい料理が食べられるし、楽しい遊びをすることができるからだ。だが一番うれしいのは、大人からお年玉がもらえることだ。おとうさん、おかあさんをはじめ親戚の人から「はい、お年玉だよ。」と言って渡されたときのうれしい気持ちは、今でも忘れられない。自分の部屋でお年玉の袋をあけてみて、予想外にたくさんのお金が入っていると、飛び上がって喜んだものだ。そして、「あれを買おう。いや、これにしよう。」といろいろ思いをめぐらしたりした。

ところで、高度経済成長とともに、お年玉の金額もずいぶんふ

壓 歲 錢

・指折り数える：屈指一數，（表示期待）
・思いをめぐらす：想像；空想；幻想。

— 69 —

えた。今では5000円ぐらいが平均だそうで、いろいろな人からお年玉をもらい、一人で6、7万円もためる子供があるという。学校へ行くと、お年玉をいくらもらったかが、子供達の間で関心の的になるらしい。子供に必要以上のお金を与えることは、決していいことではない。子供のうちから「世の中はお金がすべてである。」という考えを持つようになることは、健全な姿とは言えないからだ。それに子供は、お年玉をたくさんくれる人はいい人で、あまりくれない人はケチであるという考えを持ちやすい。

　お年玉をやる大人からみると、親戚の子がたくさんいるといろいろ悩む。年齢に応じてお年玉の金額を決めなければならないし、他の親戚の人よりもあまりにも少ないと、子供に軽く見られるからだ。そういうわけで「少し多いかな」と思っても、子供にふつうより多

・関心の的：最令人注目；關心的目標。

・ケチ→けち：吝嗇；小氣。

くお年玉をやってしまうのだ。頭のいい子供になると、そうした大

人の心理状態を巧みに利用して、お年玉をたくさん獲得する。

お 年 玉 袋

24. 受験シーズン

　日本では２月の中旬になると、ほとんどの私立大学で入学試験が始まる。一人で幾つもの大学を受験する学生は、毎日毎日が試験の連続で大変である。その費用もバカにならない。又、地方から東京へ来て、東京の大学を受けようとする学生にとって、試験期間中の宿泊費も頭が痛い問題である。年々旅館などの宿泊費が高くなり、今では１日１万円ぐらいになっている。しかし、一方では、試験期間中、一流ホテルの豪華な部屋を借りる学生もいる。一生に一度の大切な試験ということで、親は、設備のよい、静かなところに子供を泊らせてやりたいと思うからであろう。まさにこの時期、受験生は王様といった感じで、至れり尽くせりの待遇を受ける。

考試季節

- バカにならない：不容忽視，不可小看，相當可觀。

　◉バカ意為不重要；小看。

- 王様といった感じ：好像當上了皇帝似的。

- 至れり尽くせりの待遇：無微不至的款待。

家でも受験生は大切に扱われる。入試を前に受験生は神経がイライラするので、家族のものはできるだけ彼をそっとしておいてやる。だからテレビの音も小さくし、雑談もあまりしない。更に夜の10時ごろになると、母親は夜食を作って受験生の部屋へ持っていく。このように過保護と思われるほど、受験生に対してはどの家庭でも神経を使う。合格すればいいが、不合格のときは、更に一年間、家族全員がその受験生に対して腫れものにさわるような態度で接しなければならず、受験生よりも家族の方が精神的にくたびれてしまう。

- 神経がイライラする：由於緊張而暴躁不安。
- そっとしておく：讓（他）保持安靜，不打擾（他）。
- 夜食：宵夜。
- 神経を使う：費心思；操心。
- 腫れものにさわるような態度：好像碰到腫脹的瘤子似的小心翼翼，唯恐引起（考生）不悦的態度。

25. 過保護
かほご

　4月になると、日本では年度が変わる。学校では新入生が入学
してくるし、会社では新入社員が期待に胸をふくらませてやって
くる。

　ところで、学校の入学式に、最近は親が必ず子供に付き添って
やってくる。小学校ならまだしも、大学生になっても親が付いて
くるというのは、どうもあまり感心できない。親としては、「小さ
い頃からいっしょうけんめいに育てた結果、やっと大学生になった
のか!!」といううれしい気持ちから、子供に付き添ってくるのだろ
うが、これは行き過ぎではないか。そんな過保護だから、ちょっと
した障害にあうと、その子供はがまんできなくなって家出した

過分的照顧
- 期待に胸をふくらませる：滿懷希望。
  ◉ふくらませる：使其膨脹。
- 付き添う：陪伴。
- 小学校ならまだしも：如果小學的話還説得過去。
  ◉まだしも：還可以；還算好。
- 行き過ぎ：做得過分。
- 障害：障礙；疑難。

り、自殺を考えたりしてしまうのではないか。入学式だけではなく、最近はやたらに親が学校に来すぎる。入学試験のときも、試験が終わるまで外でずっと待っている。子供より親の方が試験のことが気になるようだ。合格発表の時もそうだ。自分の子供の名前を見つけると、飛び上がって喜んだりする母親などもいる。その点、昔の親は立派だった。つまり子供のことを遠くから見守るという態度をとった。特に父親は、たとえうれしい時でも、うれしさを表面に出すようなことはしなかった。ところが、今の親は喜怒哀楽をすぐ表情に出す。これでは、子供からもあまり尊敬されないのではないか。親が学校へ行って子供と喜びを分かち合うのは、卒業式ぐらいにしたいものである。

- やたらに→むやみに：胡亂；過分。
- 遠くから見守る：（不直接干渉細節而）在離遠的地方注意地看著。
- 喜びを分かち合う→喜びを分け合う：共享歡樂。

26. 核家族

　最近の日本の若者は、結婚すると親元から離れて、自分たちだけの家庭を持つことが多くなった。確かに昔のような大家族ではうるさいし、いろいろ干渉されて嫌なこともある。だがその反面、困ったときにお互いに助け合うことができるという点は、大家族の長所でもあった。たとえば、家族のだれかが病気になったり、交通事故に遇ったり、又は仕事がうまくいかないなどの時には、他の誰かが必ずめんどうをみてくれた。ところが最近のように、両親と子供だけの家庭だと、父親か母親のどちらかが病気や事故などで倒れると、とたんに今までの生活が乱れる。子供の世話をしてくれる人がいないからだ。マンションやアパートの場合、隣りには誰が住

小家庭

- 親元：父母的家。（也作「親許」。）
- うまくいかない：搞不好；不如意；不順利。
- めんどうをみる→世話をする：照顧。
- マンション：mansion 高級公寓；大厦。

んでいるか、お互いに知らない。いつもつきあいのない人に、困っ

たときだけ頼むことはできない。

　こうした核家族の欠点が反省され、お年寄りの存在を見直す傾向

も出て来ている。お年寄りは若い人より人生の経験を積でいるし、

生活上の知恵も豊富だ。親としても自分の子供や孫といっしょに

暮した方が楽しいに決っている。ただ、昔も今もとかく夫の母親と

妻はうまくいかないことが多い。若い人達は自己主張が強く、耐

えることや謙譲の精神が乏しいために、世代の相違によるトラブ

ルも起こりやすい。しかしお互いに相手の立場を考えて、がまんす

ればすむことも多い。このように考えると、昔の大家族と今の核家

族の中間の形態、つまり親と子と孫ぐらいは同居するのが一番い

いのではないか。

- いつもつきあいのない人：平時不交往的人。
- お年寄りの存在を見直す：重估老年人的存在。
- 楽しいに決っている：一定快樂；準是愉快的。
  - ◉〜に決っている：〜是理所當然的。
- とかく：總是；一般説來；往往。
- トラブル：trouble 糾紛。

27. 昔の子供と今の子供

　時代が進歩するとともに、子供の遊ぶ環境も遊び道具も変わってきた。昔の子供は、休みの日など朝から晩まで外で真っ黒になって遊んだものだ。川で水遊びしたり、野原で虫をつかまえたり、木に登ったりしてほんとうに楽しそうだった。もちろん遊び道具も自分で工夫し、自分で作った。ところが今の都会の子供は、学校から帰るとすぐ進学塾へ行ったり、ピアノ教室などへ行ったりしなければならない。夕食を食べたあとは、必ずテレビも見るし、予習・復習もしなければならない。遊びといっても、室内のゲームや遊技場でのゲームが多い。だから、遊びによって体をきたえるということはできない。

從前的兒童和現代兒童

- 真っ黒になる→①陽に焼けて皮膚がくろくなる：日焼けする：皮膚被太陽晒黑。②泥だらけになる：玩得一身泥。
- 遊び道具→遊ぶ時の道具→おもちゃ：玩具。
- 工夫する→考え出す：想出辦法。
- 進学塾：升學補習班。
- 遊びによって体をきたえる：用遊戲來鍛錬身體。

最近は食生活もずいぶん改善されて、日本人の背も高くなり、足も長くなってきた。しかし、反面、運動不足のため足腰が弱く、肥満児も多くなってきている。夏、校庭で校長先生の話しを10分も聞いていると、その場に倒れる子供が続出する。

都会には、緑もなく土も少ない。ほとんどがアスファルトの道路や運動場だ。だから子供たちは、動物や植物の名前もあまり知らない。昔の子供は、自分で虫やかえるや蝶々などをつかまえ、遠い道を歩いて通学した。今の子供は、そんなことをしなくても、デパートへ行けば何でも買えるし、自転車・自家用車・バス・電車などを利用して短時間で学校へ行ける。又、ラジオ、テレビ、雑誌などで世界中のできごとをすぐ見聞きできる。万事が便利で手軽になった。しかし、果して物質的に恵まれている今の子供の方が昔の子供

- 反面：另一面。
- 足腰：脚和腰（指身體四肢）。
- 肥満児：過分肥胖的兒童。
- 10分も→10分間さえも：甚至10分鐘也……（下接否定）。
- アスファルト：asphalt 瀝青，柏油。（注）「アスファルト」は「運動場」も修飾。
- 見聞きできる：看得到和聽得到。

より幸せだと言えるだろうか。

・手軽：輕便，簡單容易。

・果して：果眞。

・物質的に恵まれている：有豊富物質上享受的。

28. 損な父親得な母親

　「六月の第三日曜日は何の日か知っていますか。」と人に聞いても、ほとんどの人は「さて、何の日だっけ？」と首をかしげるだろう。「父の日ですよ。」と言うと、「そんな日があったの？」と驚いたような顔をする。このように、父親というものはどうも重視されていないようだ。五月の第二日曜日は「母の日」ということは、大部分の人に知られており、盛大に祝われる。それに比べると「父の日」の存在すら知らない人が多いとは、あまりに不公平ではないか。そう言えば、歌などにも母についての歌はよく歌われるが、父についての歌はほとんど聞いたことがない。昔、兵士が戦死するときは、「天皇陛下万歳と言って死ね!!」と教えられた。しかし、実

吃虧的父親　佔便宜的母親

- 何の日だっけ→何の日だったかな？
- 首をかしげる：歪著頭（表示懷疑；猜測）。
- 存在すら知らない：連其存在都不知道。
  - ◉すら→さえ：甚至於……；連……也。
  - △その老人は自分の名前すら忘れてしまった。那老人連自己的名字都記不得了。

— 83 —

際は「おかあさん」と言って死んだと言う。故郷のことを思い出す
ときも「おとうさん」ではなくて、「おかあさん」のことだ。これ
では「父親は損だな」と思うのも、無理はなかろう。実際、朝から
晩まで汗水垂らして働いても、あまり子供たちに尊敬されない。か
せいだお金のほとんどは、妻子を養うために使ってしまい、自分の
自由になるお金は、ほんのわずかである。これに比べたら、母親は
育児が終わったら楽なものである。家の中の仕事はみんな電気製品
がやってくれるし、昼寝もできる。昼寝をするぐらいならいいが、
夫がいっしょうけんめい働いているのに、浮気などしている妻も
いる。世の母親は父親の役割の重大さを子供にもっとよく教えな
ければならない。

△こんな事は小さい子供ですら知っている。這種事甚至小孩子都知道。

△彼女が外国で結婚したことは、彼女の両親すら知らない。：她在國
外結婚的事，甚至她父母都不知道。

• 無理はなかろう：不無道理吧！難怪吧！

• 汗水たらして働く：流著汗水工作；賣力地拼命工作。

• 楽なものである：舒服得很，輕鬆愉快。

・昼寝：午睡。
・昼寝をするぐらいならいいが：睡睡午覺還算好（下面多半接「甚至於…
　　　…」等意思的句子）
・浮気：偷情。
・世の母親は：世間的母親們，現在的母親們。

29. 日本の父親と母親

　少年が悪いことをすると、すぐ「家庭のしつけが悪いからだ。」
と言われる。確かに、子供の言行とその育った環境とは密接な関
係がある。今の家庭に比べて昔の家庭では父親が強い権力を持っ
ていて、家庭の者は父親に絶対に服従しなければならなかった。
だから家庭内のしつけもとてもきびしかった。子供が少しでも悪い
ことをすると、父親は子供をなぐった。その代り母親は父親に対し
て「子供を許してやって下さい」。と頼み、一方では子供に「早く
おとうさんにあやまりなさい。」と促した。子供はその時は父親を
恨んでも、しばらくすると、父親がなぜ自分をなぐったか理解した。
このように厳しい父親とやさしい母親に支えられて、子供は円満な

日本的父母親

- しつけ：（對兒女的）管教；教養。
- なぐる：毆打。
- あやまる：道歉，賠不是，認錯。

人格に成長していった。

　ところが最近の父親は子供にとても甘くなった。子供の要求は何でも聞くし、しつけなどはすべて母親にまかせてしまう。母親の方も家庭内の仕事が忙しいと、十分子供のめんどうを見ることができない。これはなぜだろうか。最近の育児書などを見ると、子供の人格を尊重すべきだとか、子供の能力を自由に伸ばすべきだとか、子供がまちがったことをしても叱ってはいけない、子供が理解するまで辛抱強く話してきかせるべきだとか、盛んに厳父慈母のやり方を古いと批判する記事がのっているが、そのため若い親達が自信をなくしたのではないだろうか。だから子供が悪いことをしても、叱る人がいなくなった。甘い父親としつけに自信のない母親に育てられた子供は、自分はいつも正しいとうぬぼれてしまう。昔の家

・甘い：寛容的，好説話的，管教不嚴的，姑息的。
・うぬぼれる：自鳴得意，自負。
・家庭のあり方：家庭的理想狀態。

— 88 —

庭のあり方の方が今よりすべていいというわけではないが、昔の方が家庭内にしっかりした教育方針があったように思う。父親はやさしいより厳しくなくてはいけないのだ。

30. ゴールデン・ウイーク

4月といっても東京などでは、ときどき肌寒い日もあるが、4月下旬から5月にかけては、そうした寒さもなくなり、10月と並んで一年のうちで一番過しよい季節となる。風もさわやかで、草木の緑もとても鮮かになる。そして、この時期には国民の祝日が三つもあるので、それを利用して多くの人が国内や海外旅行に出かけたりする。大きい会社だと、この時期に一週間ぐらい続けて休みにする場合が多い。今日は休み、あしたは出勤、あさってはまた休みとなると（これを飛び石連休という）、仕事の能率が落ちるからだ。このように気候はいいし、休日も多いので、この期間はサラリーマンにとって、一年のうちで最も楽しい時期である。だから

黄　金　週

・肌寒い：微寒的，皮膚的感覺有點冷的。

・国民の祝日：國定紀念日。

・飛び石連休：連續隔幾天的假日。

　◉飛び石：日本庭院中稍有間隔的踏脚石。喻有間隔的事物。

— 91 —

この期間はゴールデン・ウイークと呼ばれる。だが楽しいこの時期に憂うつなことが一つある。それはこの時期に、国鉄などの交通機関がストを行うことである。このため電車やバスなどがストップしてしまい、せっかく休日があっても、遠くへ旅行に行けない。マイカーに乗っても、道路は車でいっぱい。1キロ進むのに1時間もかかったりする。更にこの時期は、たくさんの人が行楽地へ出かけるので、どの行楽地も人があふれ、せっかく行っても、ただ疲れるだけなので、最近はあまり遠出をしないで、自分の家の近くで家族と楽しくすごす人も多くなってきた。

- 憂うつ：憂鬱，氣悶。
- スト→ストライキ：stridke罷工。
- せっかく休日があっても：雖然有假日。
  - ◉せっかく：好端端的，特意的。
- マイカー：mycar自用汽車。
- あふれる：滿；溢出。
- 遠出：遠行，到遠地旅行。

31. 自分の名前

　台湾の電話帳を見ていて、日本と違うところがあるのに気がつく。それは、たとえば「陳」というところを見ると、「陳宅」というように、姓しか書いてないのが3ページも4ページも続いていることだ。他人に自分の名前と電話番号を知られたくないためなのだろうか。確かに、この電話帳を悪用していたずら電話をかける人もいるが、日本では一家で2、3人の名前を電話帳に載せる人もいる。ふつう電話帳には、その家のおとうさんの名前しか載っていない。これでは、おとうさん以外の人に電話をかけようとするとき、あいにくその人の家の電話番号を忘れてしまったときなど、とても不便だ。たいていは、その人のおとうさんの名前までは知らないからだ。

自己的名字

・いたずら：惡作劇的電話。

また日本では、門の前に表札をかける。ある家庭では、奥さんや子供の名前までいっしょに書いてあるときがある。これは郵便配達の人には便利だろうが、その子供の名前が女ばかりだと「このうちは女しかいない」ということがわかってしまい、押し売りやどろぼうが入りやすい、ということにもなる。台湾のように「陳寓」とだけ書いて、門をしっかり閉じておけば、どろぼうだって、そう簡単には中へ入れないだろう。

・表札：釘在門旁的名字牌。
・押し売り：強行推銷者。

32. 料理

「アメリカ式の家に住み、フランス語をしゃべり、日本人の女性を奥さんにし、中国料理を食べて暮らす」のが、この世の中で一番幸せな暮し方だそうである。前の三つはほんとうかどうか疑問であるが、最後の中国料理は、確かに世界でも一，二であろう。中国料理はテーブル以外の四つ足のものは、全部食べものにしてしまうほど材料の種類が多い。味も地方により違って、独特な風味を味わうことができる。四季それぞれの材料を生かし、見た目にきれいである、という点では、日本料理もすばらしいが、味ということになると、やはり中国料理に及ばないのではないか。

昔は「食は広州にあり」といわれたが、今は「食は台北にあり」

菜肴

- テーブル以外の四つ足のもの：除了桌子以外的四隻脚的東西。（諷刺中國人吃所有四脚動物）。
- 見た目にきれい：看起來漂亮；外表美觀。

と言えるだろう。このように食べものに関しては、台北の方が東京より種類が多くて比較的安いが、一つだけ東京の方がいいと思われることがある。それは、東京では世界各地のいろいろな料理が食べられることだ。

日本では、もちろん日本料理が一番多いが、それにまさるとも劣らないのが中国料理であり、特にラーメンは日本人の大好きな食べものの一つである。どんな田舎の食堂へ行っても、ラーメンだけはある。このラーメンをインスタント化したのは日本である。日本料理の中で「さしみ」や「すし」や「てんぷら」は世界の人々によく知られているが、今後は「インスタント・ラーメン」がこれに代るだろう。

・まさるとも劣らない：有過之無不及。只有比（它）好不比（它）差。
　也可作「ほぼ同じ」：幾乎同等。
・ラーメン：中國式麵條；湯麵。

33. 看板文化

　東京に来た外国人は、空港を出たときに看板の多いのに驚くそうである。車で1分と走らぬうちに、カメラ・自動車・電気製品などのメーカーの看板が、大きさを競って道路のわきに林立している。このことは街中を歩いても同じである。広い街ならともかく、狭い街に大きな看板をたてるから、その下を歩くと、看板が落ちてくるのではないかという不安にかられる。ヨーロッパの街は、あまり大きな看板を立てない。だからその店の前まで行かないと、何の店だかわからない店もあるそうだ。狭い街に大きな看板。ほんとうに日本の街はつりあいがとれていないなあと思う。（この点は台北も香港も同じ）

招　牌　文　化

・看板：招牌。

・大きさを競う：競相比大。

・広い街ならともかく：街道寛的話還好……（但是）。

・不安にかられる：由衷感到不安，忍不住擔心。

・つりあいがとれてない：不相稱，不均衡。

　◉つりあい：均衡・相稱。

看板文化

地方へ旅行したときも同じような思いをする。電車の窓からのど
かな田園風景を見ていると、突然、田畑の中などに立てられた大き
な看板が目に飛びこんでくる。その看板をみると、いい気持ちがし
なくなる。周囲の風景と全然調和していないからだ。

　日本国内だけでなく、外国でも日本人は看板を立てることにとて
も熱心だ。3メートルも4メールトもある巨大な看板のネオンが、
空港から市内に通じる道路わきに、たくさん並んでいる。その国の
人にとって、このように外国製品の看板がたくさん並んでいると、
あまりいい気持ちはしないであろう。日本が東南アジアで評判が
よくない原因の一つに、この巨大な看板やネオンがあるのかもしれ
ない。

・のどか：寧靜安祥。
・目に飛びこむ：衝進眼裏；突然看到。
・ネオン→ネオンサイン：neon sign 霓虹燈。

34. 梅雨

　６月は一年のうちで最も雨が多い。この雨は二週間も三週間も降り続くので、毎日毎日、ほんとうにうっとうしい気持ちになる。家の中でも、じめじめしたところにはかびが生え、ふすまやたんすの引き出しなどは、きつくてあけるのにひと苦労することもある。この梅雨の期間は、時々集中豪雨により、ガケ崩れや橋が流されるなどの大きな被害も発生する。しかしこの雨も、お百姓さんにとってはなくてはならぬ雨である。この期間にあまり雨が降らないと、稲の生育が悪くなるからだ。また、梅雨があけて暑い夏になると、水の使用量がぐんと多くなる。その時ダムに水がすくないと、毎日給水制限をしなくてはならなくなる。だから、やはりこの時

黄梅時期

- うっとうしい：沈悶。
- かび：霉。
- ふすま：日式房屋内之木框紙門。
- たんすの引き出し：櫃子的抽屜。
- きつい：緊，不鬆。
- ひと苦労：要花些力氣；很辛苦。
  - ◉ひと……：接頭語，表示需要一些……；有一番……
  - △ひと騒動：一陣騒動。
  - △ひともめ：一番爭執。

期に、たくさん雨が降ることが望ましいのだ。

　ところで、雨が降るといつも感じることだが、台湾の人は日本人に比べて、雨に濡れても気にしない人が多い。日本人は雨が降りだすと、すぐ傘をさしたがる。しかし、台湾の人は少しぐらいの雨なら、傘をささない。びしょ濡れになっても平気な顔をしている人もいる。もし日本人がこのようなことをしたら、すぐカゼをひいてしまうだろう。ある日本の詩人が「雨にも負けない、風にも負けない、夏の暑さにも負けない」人間になりたい、と言っているが、このことばは、台湾の人にぴったりあてはまるような気がする。

- 集中豪雨：密集大雨。
- ガケ崩れ→崖崩れ：山崩。
- お百姓さん：農友。
- なくてはならぬ：不可或缺的；必需的。
- 梅雨があける：梅雨時期過了。
- ぐんと→ぐっと：大大地。（表示其程度的變化很大）。

- ダム：dam 水壩。
- 気にしない：毫不在乎。
- びしょ濡れ：濕透，淋成落湯鷄。
- 平気な顔：毫不在乎的表情（様子）。
- カゼ→かぜ：感冒。
- ある日本の詩人：指宮沢賢治（1896〜1933）詩人，童話作家，農業研究家。早年皈依佛教法華經。獻身於農村指導。著有長詩「雨ニモマケズ」，童話「風の又三郎」等。
- ぴったりあてはまる：完全吻合。

雨ニモマケズ　　　　　　　　宮沢賢治

雨ニモマケズ　風ニモマケズ

雪ニモ　夏ノ暑サニモマケヌ　丈夫ナカラダヲモチ

欲ハナク　決シテ瞋ラズ　イツモシヅカニワラッテキル

一日玄米四合ト　味噌ト少シノ野菜ヲタベ

アラユルコトヲ　ジブンヲカンジョウニイレズニ

ヨクミキキシ　ワカリ　ソシテワスレズ

野原ノ松ノ林ノ蔭ノ小サナ萱ブキノ小屋ニヰテ

東ニ病気ノコドモアレバ　行ッテ看病シテヤリ

西ニツカレタ母アレバ　行ッテソノ稲ノ束ヲ負ヒ

南ニ死ニソウナ人アレバ　行ッテコハガラナクテモイイトイヒ

北ニケンクワヤソショウガアレバ　ツマラナイカラヤメロトイヒ

ヒデリノトキハナミダヲナガシ　サムサノナツハオロオロアルキ

ミンナニデクノボートヨバレ

ホメラレモセズ　クニモサレズ

サウイフモノニ　ワタシハナリタイ。

〔使用「歴史的かなづかい」〕

35. 時間厳守

　日本人は一般によく時間を守る民族だ、と言われる。確かに私た
ちの日常生活において、時間を守らない人はルーズな人だと言わ
れてしまう。だから人と待ち合わせるときは、だいたい約束の時間
の10分ぐらい前には、その場所に着くように心がける。時間を守る
ことはいいことである。しかし、あまりそのことにとらわれすぎる
と、人々の行動が束縛されることにもなる。その点、台湾の人は時
間というものに対して、日本人ほど神経質ではなく、少しぐらい約
束の時間に遅れても、あまり気にしないようだ。テレビの番組など
も、予定の時間をオーバーすることもある。日本ではそういうこと
は絶対にない。新聞のテレビ欄に書いてある時間どおりに放送される。

守　　時

- ルーズ：loose散漫；懶散；不認眞。
- とらわれすぎる：過分受約束；過份計較。
  - ◉とらわれる：受拘束。
- オーバーする：over超過。

日本人が時間に神経質で、せっかちすぎるのか、中国人がルーズで
のんびりしすぎるのだろうか。

　ところで、台湾と日本の時差は一時間である。私は日本へ行く台
湾の人に、「日本へ行ったら、時計を2時間進めなさい」と言い、
台湾へ来る日本人には、「2時間遅らせなさい。」とよく助言する。
実際はそれぞれ1時間進めたり、遅らせたりすればいいのだが両
民族の性格を考えると、「2時間」ということも決して誇張では
ないように思われる。

　昔の日本の鉄道は時間厳守で、時計より正確であると言われてい
た。しかし、現在ではよく遅れる。日本人も最近、少し時間にルー
ズになってきたのかもしれない。

━━━━━━━━━━━━━━━━━━━━━━━━━━━━━━━

・せっかち：性急；急躁↔のんびり：悠然自得

36. 日本の会社とアメリカの会社

　日本では、学校を卒業してある会社に入ったら、定年までずっとその会社に勤めるのが普通である。たびたび職業を変えるということは、他人からあまりよく思われない。ところがアメリカでは、嫌な上役がいたり、給料が少しでも安いと、すぐその会社をやめて、別の会社へ行ってしまう。日本人はたとえ給料が少しぐらい安くても、社宅があり、レクリエーション施設や保養所などの福利厚生施設が完備していれば、結局は得であると考え、その会社に居続ける。このようにして会社と従業員の関係が家庭内の親と子の関係のように親密になれば、従業員も会社に愛着を感じ、いっしょうけんめい働くようになる。給料さえ多ければ生産の能率が上がる、

日本的公司與美國的公司

- 定年：退休的年齡（日本一般公司以55歲為定年）。

　◉定年退職：到了該退休的年齡而辭去工作。

- 普通：一般的情形。

- 上役：上司。

- 社宅：公司宿舍。

- レクリエーション施設：recreation 休閒設備。

というわけではないのだ。アメリカには、こういう視点が欠けていた。そこで最近、アメリカも日本のこのような点を見習い始めている。

　だが逆に、日本のこうしたしくみにも欠点がある、それは、一つの会社に一生勤め（これを終身雇用という）、更に年齢に従って会社内の地位が上昇するしくみ（これを年功序列という）では、どうしてもマンネリに陥り、実力のある者がその実力を発揮できるチャンスが少ない、ということである。だから日本でも大きな会社では、アメリカと同じように、学歴をあまり重視せず、実力主義を採用するようになってきた。アメリカ式と日本式の折衷がいちばんよいことは言うまでもなかろう。

- 保養所：療養院。
- 得である：划算，有好處。
- 居続ける：繼續待下去。
  - ◉続ける：接尾語：接在動詞下表示繼續該動作。
  - △続み続ける：繼續唸下去。　△泣き続ける：繼續哭。
  - △書き続ける：繼續寫下去。　△歩き続ける：繼續走。
- 愛着を感じる：有感情，依依不捨。

— 108 —

- 視点：觀點；看法。
- 見習い始める：開始仿效；開始學習。
- しくみ：制度；結構。
- 年齢：年齡。
- マンネリに陥る：陷入老套無創新性。

　◉マンネリ→マンネリズム：mannerism 墨守成規；老套。
- チャンス：chance 機會。

37. 夏休み

　台湾では、たいてい7月はじめから8月下旬まで二ヶ月間夏休みだが、日本では地方によって暑さ寒さが違うので、夏休みの期間も異なる。東京地方ではだいたい7月21日から8月31日までで、9月1日から二学期になるが、北海道などでは8月15日ごろから二学期が始まる。その代りに東京地方より冬休みが長くなっている。ところで夏休みに、子供たちや学生たちは何をして過ごすのだろうか。やはり海へ行ったり山へ行ったりすることが一番多いが、最近はどの海水浴場もプールも山も人がいっぱいなので、家でテレビを見て過ごす、という子供も少なくない。もちろん外で元気よく遊んで真っ黒に日焼けし、たくましくなる子供もいる。

暑　假

- プール：pool 游泳池。
- たくましい：健壮的。
- 頭痛のたね：傷腦筋的事；頭痛的事。
  - ◉たね→種：原因。
- 仕上げる：完成；做完。
- つい……てしまう：無意中就……了。
  - ◉つい→うっかり：沒有經過慎重考慮；無意中；不經心。
  - △その事は誰にも言ってはいけないと母から言われていたのに、彼女

ところで夏休みには、学校から宿題がたくさん出される。この宿題が子供たちにとって頭痛のたねである。たいてい夏休みの終わる一週間ぐらい前から、パパやママに手伝ってもらって仕上げる子供が多い。ところが、最近の算数や理科は内容がとてもむずかしいので、パパやママにもできないこともときどきある。そうすると子供たちに笑われるので、パパやママにとっても、この夏休みの宿題はいやなものの一つになって来た。

　またこの夏休みは、学校の緊張した生活から解放されるので、気持ちが緩みつい非行に走ってしまう子供も多い。

　高校生や大学生になると、夏休みのはじめにアルバイトをしてお金をため、夏休みの後半にどこかへ旅行するような学生がほとんどである。このアルバイトには、デパートの品物の配達やビアガーデン

　はついしゃべってしまった。她母親説過那件事不可告訴任何人，但是她却不經意地説溜了嘴。

△衝動買いはやめようと思いながら、きれいな洋服を見ると、つい買ってしまった。我已下決心買東西不要衝動，但是看到漂亮的衣服就迷迷糊糊地買下了。

・非行に走る：誤入岐途。

— 112 —

のボーイ、ウエートレスなどが多い。

　一方、夏休みにも猛烈に勉強しなければならない人もいる。それ
は来年、大学入試を受ける人たちだ。この人たちにとっては、夏
休みもお正月もないのである。

　大きな会社では、最近、一週間ぐらい夏休みをするところが増え
てきた。もちろん子供がいる人は、子供をどこかへ遊びに連れていっ
てやらなければならないが、独身の青年男女はこの休みをフルに利
用して、自分のやりたいことを思う存分やって過ごしている。

- ビアガーデン：beer garden 専供喝啤酒的店；啤酒屋。
- ウエートレス：waitress 女生接待員，女侍。
- 夏休みもお正月もない：沒有暑假也沒有過年，整年都沒有休息的時候。
（喻緊張而辛苦）。
- フル：full 充分。
- 思う存分：盡興的。
　◉存分：充分，盡量。

38. オートバイ

　日本でも台湾でも若者はよくオートバイに乗る。ところが、日本と台湾のオートバイの乗り方はだいぶ違う。日本では、2人乗りは禁止されているし、又、必ずヘルメットをかぶらなければならない。台湾のように、交通規則があまり守られていないところで、ヘルメットもかぶらない上に、2人乗りをするのは、見ていてとても危険な感じがする。又、女性が後に乗る時、スカートのまま座席をまたいで乗っている。ミニスカートから出ている長い足は魅力があるが、オートバイにまたがって乗っている姿は、とてもみっともない。オートバイに乗る時は、足をそろえて横に乗るか、スラックスをはいて乗るべきであろう。

機　　車

- ヘルメット：helmet 安全帽；鋼盔。
- 座席をまたぐ：跨著座位。
- ミニスカート：mini skirt 迷你裙。
- みっともない：不好看；丟臉；可恥的。
- スラックス：slacks 長褲。

ところで、オートバイに乗る若者の中には、他人の迷惑も考えないで、猛烈な音をたて、集団で隊列を組んで走るグループがある。こういうグループを暴走族とかカミナリ族と呼んでいる。特に、土曜日の夜など、一週間の仕事が終わった解放感のためか、こういうグループがあちこちでオートバイを走らす。時々、あるグループが他のグループと道路上で大げんかすることもある。もちろん彼らは交通規則など守らないで、取締りの警察官ともいろいろ口論し、警察官の言うこともほとんど聞こうとしない。しかし、夏の終りと共に、こうした暴走族の若者もだんだん姿を消していく。

・グループ：group 集團；一群人。
・カミナリ族：（騎機車）發出轟然如雷聲的一群人。

　　　カミナリ→雷
・大げんか：大打出手。
・口論する：鬥嘴，爭論。
・姿を消す：消失踪影。

— 116 —

39. 日本人の宗教心

　最近の日本人は宗教心のない人が多い。昔の家は広かったので、部屋の一部に神様を祀っていたが、今の家は狭いので、そんな場所もない。そういうことよりも、日本人に宗教心がなくなったのは、価値観の転換に最大の理由があるだろう。

　戦後の日本は、精神生活よりも物質生活を重視してきた。その結果、世界でも有数の豊かな物質生活を営んでいるが、反面、昔の日本人が持っていたやさしい「心」を失なってしまったようにみえる。

　現在、日常生活で日本人が宗教のことを考えるのは、結婚式とか葬式のような時だけである。若い人たちは最近、教会で結婚式

日本人的宗教信仰

・聖書：基督教的聖經。
・キリスト教徒：基督教徒。
・お経をとなえる→お経をあげる：念經；誦經。
・布教活動：傳教活動。

— 117 —

をやる人が多いが、いつもは「聖書」も読まないのに、結婚式のときだけ、急にキリスト教徒になる。又、人が死ぬと、たいていお寺のお坊さんの世話になるが、人々は日常お経の一つとなえることもしない。お坊さんの方も、日常の布教活動にはあまり熱心ではなく、葬式によってお金をかせいでいるような傾向がある。有名なお寺の忙しいお坊さんは自分でお経をあげないで、テープレコーダーを使うそうだ。こういうわけだから、「今の日本人の宗教は何か」と外国人に聞かれると、返答に困る。「日本人の大半は無宗教である」と答えざるをえない。日本でしばしば凶悪な犯罪がおこる背景の一つに、宗教心が薄くなったことがあるかもしれない。

- テープレコーダー：tape recorder 録音機。
- 返答に困る：無法回答；難以回答。
- 答えざるをえない→答えないわけにはいかない：不得不回答；只好回答。
  - ◎……ざるをえない：不……不可。
- 背景→うしろ：後面，内部（喩没有直接出現在表面上的事物）。

40. 日本の祝日と年中行事

〔文中の（祝）は祝日の意〕

　日本の正月は1日（祝）から7日までであり、（「日本のお正月」の項を参照）、旧暦による正月は現在ではほとんど行なわれていない。1月15日には成人の日（祝）というのがあり、20才になった青年男女を祝い、励ます。女性はこの日には、きれいな和服を着て式典会場に臨むことが多い。1月も下旬になると寒さが一段と増し、東京地方でもときどき雪が降り、5cmぐらいは積もることもある。

　2月に入ると、3日に節分という行事がある。人々は「鬼は外、福は内」と叫んで、炒めた大豆を家の内外にまき、自分の家に幸運を招き入れようとする。節分の次の日は立春である。暦の上では春であるが、実際はこれから1カ月半以上も寒い日が続く。11日

日本的國定假日和祭典

- 祝日：國定節日。
- 年中行事：一年中按照慣列舉行的祭典。
- ほとんど：幾乎，多半是。
- 式典会場に臨む：來到慶典會場。
- 一段と増す：更增加，程度更加強。
- 節分：立春的前夕，約為陽曆2月3日左右。在日本，這天傍晚以柊樹枝插上沙丁魚頭，釘在住屋門口，再用炒熟的大豆撒在屋內外，口裡念咒文曰：「鬼は外福は内」是為驅鬼怪於屋外，引福神入屋內的習俗。

— 119 —

は建国記念の日（祝）すなわち台湾でいえば国慶節に相当する日である。しかし、これは伝説に基づく日本建国の日ということもあって、そのような不確実な日を建国の日にすることに反対する人も多い。14日にはバレンタイン・デーというのがある。これはキリスト教の祭日だが、日本人は他の宗教の行事も、なんのためらいもなくとり入れてしまう。（日本人の宗教心」を参照）この日に日本では、愛する男性に女性がチョコレートを贈る光景がよくみられる。

　3月3日は、桃の節句、雛祭りである。小さい女の子のいる家では、祭壇を設けて雛人形という紙や土でできた小さい人形を飾り、菱形の餅や白酒、桃の花などを供えるのである。2月下旬から3月中旬にかけては、全国各地で高校や大学の卒業式や入学試験

- 立春：二十四節氣之一，陽暦2月4日左右太陽黄徑在315度。
- バレンタインデー：St. Valentine's Day 情人節。
- なんのためらいもなくとり入れる：毫不猶豫地採納。
- チョコレート：chocolate 巧克力糖。
- 光景：場面；情景。
- 桃の節句：三月三日桃花節。
- 雛祭り：三月三日女兒節。家有女兒者設壇擺設玩偶祝福女兒健康平安。
　　　　　此日擺設之玩偶稱「雛人形」。
- 白酒：三月三日喝的甜米酒。

が行なわれる（「受験シーズン」の項を参照）。21日ごろに春分の日（祝）がある。この日は昼と夜の長さが同じである。秋の秋分の日（祝）とともに、人々は祖先を敬い、亡くなった人をしのび、お墓まいりなどをする。この頃になると、冬の寒さもようやく和らぎ、一段と春らしくなる。

　4月になると、学校の新学期が始まり、官庁や会社なども新年度になる。東京地方では桜が満開となり、各地の桜の名所は花見客でにぎわう。桜は咲いたかと思うとすぐ散ってしまうが、その散り方に人々はいろいろな思いをめぐらす。そのため昔から桜を題材にした歌がよく歌われる。そして現在では国花となっている。1日はエープリル・フールで、この日に罪のないウソをついて人をだましてもよいとされている。29日は昭和天皇の誕生日（祝）。この日

- 春分の日・秋分の日：均為日本人掃墓祀祖之日。
- 亡くなった人をしのぶ：追念過世的人。
- 和らぐ：（氣温，怒氣，緊張氣氛等）緩和下來。
- 一段と：更加、越發。
- 満開：盛開。
- 桜の名所：以盛開櫻花而著名的地方。
- 花見客：賞花人。
- にぎわう→にぎやかになる：變熱鬧。

から一週間あまり祝日や日曜日が続くので、この時期はゴールデン・ウィークと呼ばれる。（「ゴールデン・ウィーク」の項を参照）

5月1日はメーデーである。労働者が一ヶ所に集まってデモをしたり、いろいろな祭典をくりひろげる。3日は憲法記念日（祝）、5日は子供の日（祝）と祝日が続く。子供の日は昔は端午の節句といわれ、粽や柏餅を食べ、庭に鯉のぼりを立て、男子の成長を祝ったが、今はそういうことをする家庭はほとんどない。5月の第二日曜日は母の日であり、赤いカーネーション、白いカーネーションが母親に贈られる。この頃は、風もさわやかで、木々の緑も鮮かになり、旅行には絶好のシーズンである。

だが6月に入ると、うっとうしい雨の日が一ヶ月ぐらい続く。い

• 咲いたかと思うとすぐ散ってしまう：（花）開了一下就謝了。

 ◉……かと思うとすぐ……てしまう：以為……卻馬上……。

 △彼はやっと来たかと思うとすぐ帰ってしまった。我們以為好不容易他來了，卻一轉眼便走了。

 △先週給料をもらったかと思うとすぐ使ってしまった。上星期剛領到薪水，卻一下子就用光了。

 △あの子は泣いたかと思うとすぐ笑っている。看那孩子一會兒哭一會兒又笑了。

わゆる「梅雨（つゆ）」である。（「梅雨」の項を参照）

　7月7日（なのか）は七夕祭（たなばたまつり）。竹（たけ）に小さい色紙（しきし）などをつるして飾（かざ）ったりする。この頃（ころ）から梅雨（ばいう）もやっと終（お）わりになり、暑（あつ）い夏（なつ）の太陽（たいよう）が照（て）りつける。21日からは子供たちにとって楽しい夏休（なつやす）みが始（はじ）まり、8月末（すえ）まで続（つづ）く。この間、海（うみ）へ行（い）ったり山（やま）へ行ったりする子供も多い。

　8月15日頃はお盆（ぼん）で、東京などに来て働（はたら）いている人は故郷（ふるさと）へ帰（かえ）り、家族（かぞく）といっしょに楽しいひとときをすごす。また、各地（かくち）では盆踊（ぼんおど）りが行（おこ）なわれ、老若男女（ろうじゃくだんじょ）が浴衣（ゆかた）姿（すがた）で民謡（みんよう）に合（あ）わせて踊（おど）りあかす。15日は終戦記念日（しゅうせんきねんび）（日本が連合軍（れんごうぐん）に対（たい）して正式（せいしき）に降伏（こうふく）した日（ひ））でもある。

　9月は昔から地震（じしん）とか台風（たいふう）などが多い月（つき）である。57年前（まえ）（1923年9月1日）に東京地方に起（お）こった大地震（おおじしん）は、今（いま）もなお人々（ひとびと）の記憶（きおく）に

- 思いをめぐらす：想像、考慮、幻想。
- エープリル・フール：April Fool 四月一日的愚人節。
- 罪のないウソをつく：説些無傷大雅的謊話。
  - ◉罪のない：沒什麼惡意的，純眞的，並不嚴重的。
  - ◉ウソ→嘘：謊話。
- 人をだます：欺騙人。

新しい。15日は敬老の日（祝）になっているが、この日だけ「敬」老で、その他の日は「軽」老であるというのが、現在の日本の老人の共通した意見である。23日ごろは秋分の日（祝）。春分の日とともに、祖先の墓まいりにいく人も多い。この頃から10月上旬にかけては、運動会のシーズンでもあり、日曜日や祝日には、たいていどこかの学校で運動会が行なわれている。

10月は5月と共に一番快適な季節であり、寒い地方では紅葉が見られるようになる。1日から貧しい人のために共同募金が始まり、お金を寄付した人には、胸に赤い羽根がつけられる。10日は体育の日（祝）。1964年10月10日にアジアで最初のオリンピックが東京で行なわれたのを記念して作られた日である。秋はスポーツに、そして読書に最適な季節である。各地で多彩な文化祭がくりひろげられ

- ゴールデン・ウィーク：golden week：黄金週（自4月29日至5月5日）
- メーデー：May day　5月1日勞動節。
- デモ→デモンストレーション：demonstration 示威行動。
- くりひろげる：展開。
- 憲法記念日：日本行憲紀念日。
- 子供の日：日本兒童節。
- 柏餅：用柏樹葉子包的豆沙糕餅。

る。

11月3日は文化の日（祝）である。多年文化の発展に功労のあった人に、文化勲章が贈られる。この季節は又、菊の季節でもあり、色とりどりの菊が咲き乱れる。15日には、きれいに着飾った7才、5才、3才の男児・女児が、親に連れられて神社などにお参りする光景が見られる。七・五・三という行事で、親は子供のすこやかな成長を神に願うのである。23日には勤労感謝の日（祝）というのがある。勤労を尊び、国民が互いに感謝しあう日ということだが、数ある祝日の中で最もその意義が徹底していない祝日である。

12月になると、「歳末を控え、恵まれない人に援助の手を」ということで、歳末助け合い運動が行なわれ、道行く人に寄付を募る。12月は又、あちこちで忘年会が行なわれる。（「忘年会」の項を参

・鯉のぼり：紙或布料製成的鯉魚形旗子。以鯉魚登龍門來慶祝男孩子身
　　　　　　體強壯前途光明。
　◉のぼり→幟：長形布旗。
・母の日：母親節。
・カーネーション：carnation 康乃馨。
・さわやか：涼爽、舒適。
・いわゆる：所謂的、大家所知的。
・七夕祭：七夕；七巧。

照）そして、酔っぱらいが多くなる時期でもある。街ではどの店でも、クリスマスセール、歳末大売り出しということで人々をかき集める。そのためデパートなどは人でごったがえす。25日はクリスマス。以前は街でドンチャン騒ぎをしたが、最近は、家で家族とともに静かにクリスマスを祝うという人が多くなった。そして31日は大晦日。年越しそばを食べ、テレビの歌謡番組を見、除夜の鐘を聞きながら新年を迎えるのである。

　　（注）この文の内容は主に東京地方を中心としたものである。

- 色紙：長方形有色厚紙。（寫和歌、俳句等用）。
- お盆：祭亡者之佛教節日，盂蘭盆會。
- 盆踊り：盂蘭盆會時或盛夏夜舉行的民間舞會。
- 浴衣姿：穿著浴衣的裝扮。
  - ◉浴衣：棉紗單和服。
- 踊りあかす：跳舞跳到深夜（甚至天亮）。
- 終戦記念日：第二次世界大戰結束之日。

- 人々の記憶に新しい：人們的記憶猶新。
- 敬老の日：敬老節；老人節。

  ◉敬老——輕老：日語發音一樣所以有雙關語的意思。
- 寄付：捐款。
- 赤い羽根：赤羽毛。
- 体育の日：體育節。
- アジア：Asia 亞細亞；亞洲。
- オリンピック：Olympic 奧林匹克運動會。
- スポーツ：sports 運動。
- 文化祭：文化祭典。
- 文化の日：文化節。
- 色とりどり：各種顏色。

  ◉とりどり→それぞれ：名色各樣。
- 咲き乱れる：（花）盛開；開得很多。
- 七五三：11月15日孩兒節。
- 神に願う：祈求神明。
- 勤労感謝の日：感恩節。
- 数ある祝日：有許多的節日。
- 歳末を控える：面臨年關；年關迫在眼前。
- 恵まれない人：不幸的人；在困境中的人。
- 歳末助け合い運動：年底互助運動。
- 道行く人：行人。
- 寄付を募る：募捐。
- 忘年会：年終聚餐會。

- クリスマスセール：X'mas sale 聖誕大減價。
- かき集める：叫集；從各地一起收集。

  ◉かき：加強語氣（接頭），表示一下子做某動作（變某狀態）

  △かきこむ：急忙的吃東西。

  △かききえる：突然消失。

  △かきとける：突然溶化。

  △かきくもる（さっとくもる）：（天氣）突然變陰。

  △かきならす：用力彈奏。

  △かきまぜる：用力攪拌。
- 人でごったがえす：人群擁擠不堪。

  ◉ごったがえす：因擁擠混亂而無法動彈。
- ドンチャン騒ぎ：敲鑼、打鼓飲酒唱歌大聲吵鬧。

  ◉ドンチャン：（擬聲詞）ドン為鼓聲、チャン為鑼聲。
- 大晦日：大年夜。
- 年越しそば：年夜麵、大年夜吃的蕎麥麵。據傳，吃此種麵將帶來明年
  的好運。
- 歌謡番組：歌唱節目。
- 除夜の鐘：在12月31日的夜裡一過12點，（日本）各地的寺院敲鐘一百
  零八響、其為佛法中除去一百零八個煩惱之意。

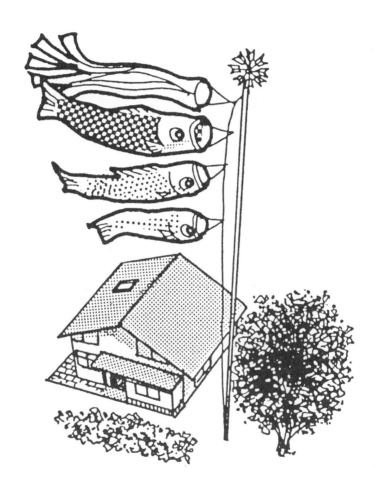

あ　と　が　き

　小室敦彦先生が、日本語学習者のために現代の日本人と日本事情について短文集を書いてくださった。

　小室先生は、若く、正義感にあふれ、教えることに情熱を持っておられる生粋の日本人である。先生の文章は、日本人の口から自然に出た何げないことばで綴ってあり、親しみのある日本文として、学習者を引きつけ、知らず知らずのうちに日本人の考え方、生活様式、伝統的な文物などを学びとることができる。

　先生ご一家が日本へ帰られる際、中国語の註釈を依頼された。私は思わぬ大役を仰せつかって感激し、まず先生の文を読ませていただいたが、読み進めるうちに、簡潔な表現を好まれる先生の文章の中には、外国人学習者にとって難解な箇所があることに気づいた。先生のおことばもあり、又大学における添削のクセも出たためか、一部分先生の文を直したりしてしまった。後で身のほどもわきまえず、失礼なことをしたと赤面したが、大へんお心の寛い先生は、殆んど私の提案を容れて下さった。しかし私のよけいな口出し（否、筆出し）が明快で小気味のよい「小室調」をそこなった箇所がある

のではないかと心がかりである。

　とにかく、私のつたない註釈が、学習者の日本理解に、少しでも役立つことを祈る。組版に当っては、各課の本文のあとに空白を多く残し、学習者のメモの場とした。

　尚、原稿の整理、清書は、陳少姫さんに手伝ってもらった。ここに謝意をしるす。

1980年8月　　謝良宋

〔著者略歷〕

小室敦彦

1969年3月　東京教育大學文學部畢業

1969年4月

　〜　　　日本神奈川縣公立高校教師

1976年3月

1976年9月　來臺。曾任東吳大學日語系專任講師及輔仁大學東方語文
　　　　　學系、淡江文理學院兼任講師。

1979年8月　返日，現任日本高中教師。

目　　前　已退休。

著有「日本世俗短評」（第一冊）

　　「日本世俗短評」（續　集）

　　「觀察現代日本　日本人的思考・行動模式」

　　（2012年於階梯日本語雜誌連載）

鴻儒堂出版社中日對照叢書目錄

現代日本人の生活と心【一】
書+CD二片 定價360元

現代日本人の生活と心【二】
書+CD三片 定價510元

小室敦彦 著／**謝良宋** 註解

本書內容皆以現今日本人的生活中選取題材，加上作者的見解與分析，以最平常的日文來敘述，附有中文注解，不僅有助於日語的學習，更能使讀者了解當今日本的社會情況。（第一集另有中譯本，定價60元）

現代の日本 その人と社會
小室敦彦 著
謝良宋 註解
定價180元

快樂聽學 新聞日語
加藤香織 著
林彥伶 中譯
附mp3CD
定價350元

中日對照　日文學習講座（一）	作者：謝良宋	定價200元
日文童話集錦～日本語の童話集　附CD	譯者：張嫚	定價430元
日文人生小語手冊	作者：張嫚	定價180元
日本小倉百人一首和歌中譯詩	譯者：何季仲	定價180元
日本人語	作者：日本三菱公司／譯者：林榮一	定價400元
杜子春・くもの系	作者：芥川龍之介／譯者：林榮一	定價120元
日本近代文學選2	作者：林榮一	定價150元
日本近代文學選1	作者：林榮一	定價150元
「論語」中日英對照	作者：孔祥林	定價180元
盜賊會社	作者：星新一／譯者：李朝熙	定價250元
有人叩門	作者：星新一／譯者：李朝熙	定價250元

國家圖書館出版品預行編目資料

現代日本人の生活と心.Ⅰ/ 小室敦彦著 ; 謝
良宋註解. -- 一版. -- 臺北市：鴻儒堂,
民76
面 ； 公分

ISBN 957-9092-28-1(平裝)

1.日本語言-讀本

803.18   87001812

現代日本人の生活と心 I

本書含CD2片・不分售
每套定價360元

1987年（民76年）　　　5月初版一刷

2014年（民103年）　　10月初版九刷

本出版社經行政院新聞局核准登記

登記證字號　局版臺業字一二九二號

著　　者　小　室　敦　彦

譯　　註　謝　良　宋

發　行　所　鴻儒堂出版社

發　行　人　黃　成　業

門市地址　台北市中正區漢口街一段35號3樓

電　　話　02-2311-3810

傳　　真　02-2331-7986

管　理　部　台北市中正區懷寧街8巷7號

電　　話　02-2311-3823

傳　　真　02-2361-2334

郵政劃撥　01553001

E-mail　hjt903@ms25.hinet.net

鴻儒堂出版社設有網頁，歡迎多加利用

網址：http://www.hjtbook.com.tw